今夜，我們在陽光下擁抱

The Sunlit Night

蕾貝卡・戴納斯坦 著

胡訢諄 譯

紀念　Alf Salo

目錄

梅森莊園

保險套破掉的那一刻，羅伯．梅森從我身上下來，手肘撐著身體說，「妳做的事不能幫助任何人。」他是四次全美跳水冠軍，目標從政，猶太人，日文流利，美國司法部最近的紅人。我們都二十一歲。我沒回答，自顧想著可能會懷孕，而且會下地獄。這時羅伯起床，拿了件襯衫遮住隆起的跨下，走到另一個房間睡覺。

我們在梅森莊園度週末，莊園位於新英格蘭北方，羅伯的父親是輪胎業大亨，這裡是他的遛狗場。別墅裡頭有很多房間，我在其中一間，羅伯在另一間，他姊姊和姊姊的未婚夫也佔了一間，此外還有七間空房。後院遼闊，種滿樹木並造有水池，看得出夏天來了。我總覺得，這裡的池畔只是夏季的一角。廣大的夏季綿延整個北半球，只要乘著光芒，我就可以穿梭四方，自由徜徉。

時至五月。我興致勃勃，想要在永晝的季節汲取所有光華，緊緊抓住不放。我心想，這正是我需要的，燈具製作或照明設計的課。為了拿到藝術學士的學位，我交了一篇都市景觀的論文，還有幾幅建築的畫作。我畫的建築物灰暗陰冷，佈滿成排黑色的窗。我聽說有個男人只用黃色作畫，他住在挪威北方。他工作的藝術家聚落提供一個繪畫實習計畫的名額給我，包括夏季的住宿。同一個星期，羅伯要我畢業後和他一起去日本，我立刻就回絕挪威來的邀請。北極實習委員會說大師只在今年夏季收學徒，我錯過了千載難逢的機會。我覺得和愛人共度夏季更難得，在新宿。

現在羅伯跟我分手，我沒有理由去新宿了。羅伯受 JANIC 邀請，也就是日本國際合作非營利組織中心，我則受羅伯邀請。我急忙找尋替代方案。也許我可以去北極，也許他們還願意收我。也許我可以從那個男人和黃色的顏料學到世界的光。也許我可以學習獨處。

藥局裡，賣給我們事後藥的店員聽到羅伯的聲音，比我一整個週末聽到的還多。他的沉默寡言令他姊姊很困惑。他姊姊再過不久就要結婚了，和她有耐心、大眼睛的終身伴侶提莫西，正濃情蜜意。我拿了水果沙拉，珍奈和提莫西給我紙巾和水。他們歪著頭，像一對恩愛的哥倫比亞小鸚鵡，納悶地盯著我。我聳肩後退，等於承認不知道為什麼來他們家，也不知道為什麼還沒走。

我們聽見羅伯跳進湖裡的聲音，他習慣每日跳進湖裡兩次，一次為了鍛鍊體格，另一次為了練習控制呼吸。我受夠沉默，也吃夠水果沙拉，想要叫他說話。我把紙巾摺好，走向屋外，跳進湖裡。

他起來看到我的時候似乎真的很高興，邊喘氣，邊把鼻涕噴進手裡，然後抓著我的肩膀。他看起來好像想對我說什麼，但又改變心意，鑽進水裡。他再次起來的時候，臉上的表情很有距離，像林布蘭，又像海景畫，他甩甩平頭上的水珠，說我們該進去了。

他金色的腿毛上纏繞水草和青苔。穿越後院時，我想把他壓住，把他的腿毛刮乾淨，尤其當我們經過偌大的戲沙箱，旁邊正好有支耙子，像支巨大的刮鬍刀。我們抵達後門，他把短褲脫下。我上下身都穿著泳衣，和他一起在後院沖澡。老羅伯·梅森鋪的石子地板，圍成一圈，大小正好足夠兩隻左腳和兩隻右腳。現在小羅伯．梅森覺得有責任把裡頭站著的兩人都洗乾淨。

他和我交往三個月，這三個月以來，我們做愛無數次，幻想著猶太式的婚禮。我們再過一個月就要畢業，而且我一直相信我們會以愛侶的姿態闖蕩這個世界，直到死去為止。日本、猶太婚禮、猶太割禮、猶太成年禮。漸漸，過去的三個星期，我們不僅不合，甚至敵對，這個事實偷偷潛進夢想。

站在那裡，事後藥引發的恍惚，看著自來水淙淙流過他的身體，這一切令我很困惑——他骨子裡鐵石心腸，只有英雄才能夠那樣；他說的那些鬼話，以及開口時的荒唐。沖澡的水比池水暖，我又感覺血液流竄，因憤怒而顫抖。他以為我覺得冷，把水關掉，拿一條白色的大毛巾擦拭兩人，接著帶我到有躺椅的露台，我們可以曬曬太陽。

「法蘭西絲，不要生氣。」他說。他總算看著我，一臉認真。「昨天晚上我很抱歉，但我能怎麼辦？」

「你樂於助人。」我說。

「梅森家的人都是。」他說。「這是家族遺傳。」

羅伯是個皮膚白皙的年輕人，太陽穴上可見到血管。我好奇他身體裡究竟有多少血。

「真正問題是——」他說。我從躺椅上坐了起來，想要知道真正的問題是什麼。「我們的背景。」他說，「如果妳母親是設計，假設說，設計醫院的內部好了，我們可能會比較有話聊。如果妳父親——」

「誰說我要去幫助別人？」我說，完全撇開我父母的事。「我要用黃色作畫，伯。」

我從沒叫過他的小名。

「那個在拉布蘭（Lapland）幫魚叉調音的瘋子？」他問。

「我不會去日本。」我說。

「這樣的話，」——他停頓——「我幫不了妳。」然後眯著眼睛望著遠方的樹，好像瞄準他的未來一樣。

⁂

週末結束的時候，珍奈開車載我們離開莊園。身為曼哈頓人，我從來沒學過開車。她說我們會在普羅維登斯停下來吃捲餅。她調整了後照鏡。我們往下駛進州際公路。

我在心裡畫了一張地圖。羅伯和我分別持著前往日本的機票；梅森家累積的里程會將羅伯升級成直航班機，我則從學生旅行協會零星的特價機位，拼湊一張航程分成好幾段的機票。學生旅行協會不太可能會有飛往挪威極地博多（Bodø）機場的票，再說，千方百計想出來的航線也沒用：我辭去實習已經過了幾個星期，想必缺額已經遞補。我現在要回家了，顯然是無限期，之後，不管我的下一站是哪裡，都不會有羅伯．梅森。即將發生在我身上的一切似乎都有一扇門控制著。車門開啟，我下車。車門在我身後關上，而我父母公寓的門打開，我進去，我會睡在那裡，而到了早上，我打開門出去的那一刻，羅伯就會從此消失在這個世界上。我幾乎要哭了出來，繃著臉頰，試著去想岩石和蜥蜴。

我們停在收費機旁。提莫西搓搓他的雙手說，「我要雞肉口味。」穿過馬路走向「捲餅屋」時，我看著羅伯站在我前方的十字路口，昂首闊步經過停紅燈的車子。

「捲餅屋」沒有座位，所以我們在車上吃，珍奈單手控制方向盤。我沒注意到藥丸消化後的味道，直到它與煙燻辣椒醬互相衝突。吃完捲餅，錫箔紙被揉成一團，丟進紙袋裡。在路華越野車的後座，我任憑自己靠在他身上，想要再一次感受他結實的肩膀。

羅伯輕撫我的頭髮，手指滑過我的臉頰，在我的下巴溫柔地捏了一下。我們依偎著，證明我們曾經愛過。我想念我們的眞愛。我恨他的肩膀。我的胃灼熱，在整條九十五號州際公路上翻騰。一個半小時後，在紐澤西的某處，珍奈靠邊停車。羅伯打開車門，提著我的行李走到巴士站，放在人行道的一邊。他指著路的盡頭，說巴士會從那裡來。他謝謝我遠道而來，回到車上，把垃圾踢到我剛才坐的一邊，關上門，從窗戶裡揮手，然後走了。

我望著馬路。

一個小時後，巴士來了。

我回到家，看見妹妹的腿一半伸出窗戶。她遺傳了我母親的長腿，比我的多十幾公分。我也爬了出去。我們從小就把消防出口當成樹屋，如今卻幾乎擠不下。我們雙腿交叉坐在窗台上，窗台只比行道樹高出一點點。我們脫下鞋子，把小腿擠出窗台，雙腳掛在樹枝之間。我們在六樓高的地方。

我妹妹盯著她的腳指頭發笑。我以為她會解釋她的愉悅，但她吐了口長長、慵懶的氣。我想告訴她結束了。我想告訴她我覺得被人拋棄，可能懷孕，心碎——但莎拉心不在焉。她的眼神穿過行道樹，隨著經過的車輛，好像數數一樣，置身沉靜的當下。沒必要拿梅森這場惡夢叨擾她的搖籃曲。

我留她享受她的喜悅，自己從窗戶爬進來，看看我的父母。他們就像我那天晚上一樣悲慘。

我母親想知道我週末過得如何。我從不和我母親八卦，她從不知道我和誰接吻，或者什麼時候。她問我近況，我通常籠統地回答：「很好。」

「不太好。」我說。我父親從廚房現身。「我就知道！」他說。「那天晚上，我們在哈里森街看完『如何成功經商』，我問他覺得如何。他說：『妳女兒的朋友都很有才華。』我當時真該告訴他：『閃遠一點！』。」我父親這麼說。

我父親在弗拉布希大道長大，另一個時代的布魯克林，當時他的父母穿著華麗，縱情暢飲。我母親則在佛蒙特唯一的猶太人乳牛牧場長大。

「謝啦，爸。」我說。

我母親又問了一次發生什麼事。我不覺得我能說清楚，儘管這是我第一次想要認眞回答。因爲她在我這個年紀的時候沒有性行爲，而是在擠牛乳。

我僅能說出，「我不想再見到他了。」這也是眞的。

睡覺的時候，我們的公寓自己展開了，像某種夜間開花的植物一樣——沙發床打開，充滿整個客廳，讓我父母睡在上面。除了躺在床上的一個男人和一個女人之外，沒有多餘的空間。床腳恰好碰到前門的門把。在臥房裡，我爬進我的下鋪。我妹妹睡上鋪，她讀紐約大學，住在家裡，但極少睡在那裡。她小我一歲，而且，熱戀中。

她男朋友的床當然比較舒服，大多了。我家所有的東西一直以來都小小的。我們只有四個人，沒有堂親或表親，兩邊的祖父母也都不在了。體格上，我也是嬌小的。我父親從小就圓潤，也常因此被調侃，而現在幾乎只吃蕃茄醬。我母親六〇年代時留著一頭長髮，穿著搖擺靴，但現在是短髮，踏著平底鞋，幾乎只吃蘋果。我們爬上自己的床鋪，像老鼠進洞一樣，和我們一般大小的洞。晚上我母親會起來上廁所。我父母的睡衣放在臥房，他們讓給女兒的那間房間。我父親會穿著白天的衣服在沙發上睡著，半夜才進來換衣服。我假裝睡著，他脫掉褲子的時候避免去看他的腿。然後我們又會各自在比鄰的小洞裡睡著。

雖然我們想要更多，依然棲身這間公寓。

父親從孩提時期便想成爲一名醫生。他堅定地走在那條道路上：布魯克林科學展、AP化學、醫學預科。什麼都無法阻撓他的興致，直到十九歲那一年，他的分子遺傳學教授對他畫的雙螺旋讚不絕口，說簡直一模一樣。有機化學的教授影印了我父親畫的線角公式，發給學生當作教材。我父親發現他的熱情和其他同學不同，那一大票追求同樣目標的同學。他喜歡膽囊那種仙人掌葉的顏色和形狀。他討厭教科書把食道描述成義大利粗管麵。他發現他有繪畫器官的天分，無畏那些複雜的細節。他發現醫學繪圖協會，於是相信自己找到了貢獻醫學的方法。

他的朋友結束醫學預科後紛紛進入醫學院。他進入一個CAAHEP[1]認證的生物繪畫研究所學程。他的朋友帶著既關心又反對的語氣，說他是個「幸運」的人：他的學程只花兩年。他畫的手掌剖面圖爲他賺進人生第一張支票。他的線條精準，一條線從不畫第二次。他的朋友完成學業，當了幾年住院醫生後開始執業，從來不需要參考他的大作。他們早就

1 譯注：美國健康教育聯合認證委員會。

把教科書拋在腦後了。他從沒遇過任何人看過他的插畫。他在這行三十年了，我父親說不出他的成就究竟爲他賺得什麼。

我父親的草稿桌是一片放在他的衣櫃上的木頭，在我的房間。桌面散落著蠟筆的紙盒。蠟筆一根一根散落在盒子外，筆尖都不完整，還有一把 X-acto 的美工刀和閃閃發亮的替換刀片，成堆的素描簿，數捲紙膠帶，五、六個馬克杯。我的父親，六十歲，頂上髮絲茂密。他喜歡站在書桌旁，抽屜開啟，微笑地談論他們把他逼得多慘。

他們把他逼得多慘。他一天喝幾杯咖啡。他茂密的頭髮惹得其他男人多生氣。我相信他對生命的熱愛表現在他喝的咖啡上——狂熱、躁動、反胃、酸質、成癮。沒有人臉上的笑容比我父親的更大，雖然他寬闊的嘴巴也適合暴怒。每個星期天早上，他會和我共進早餐，問我他畫的圖是否依然很好。

某個星期天早晨，我們找到一家餐館播著艾拉・費茲潔拉（Ella Fitzgerald）的歌，所以他想去那家。他把蕃茄醬倒滿我們一起點的歐姆蛋，放下餐刀，盯著窗外，然後轉回來，拿起叉子，把蕃茄醬從上頭刮下來，只吃醬，不吃蛋。

「這裡的音響特別好。」他說：「好像現場演奏一樣。」

艾拉正唱著一九五六年的歌曲〈親親臉頰〉（Cheek to Cheek）。

在服務生和調味料的陪伴之下，我父親待在餐館的時間和待在家裡一樣多。他是我所認識最「美國」的人了。我母親也許是最不美國的。她獨有的聰慧，她的嬌小。她的矜持更是了不起的本領。

一個搖搖學步的小孩抓著彎曲的吸管經過我們的桌子。我們笑了，我父親隨即又變得哀怨。他的鼻孔張開預示了這個轉折。

「無解。」他起了頭。

我吃著蛋，讓他說。

「我咎由自取。」他說，「我原本可以成爲醫治腳病的醫生。但是沒有，我畫腳。不是科學，也不是藝術。只是圖畫。學生不會看，醫生更不會看。我要怎麼繼續畫這些根本沒人在乎的東西？」

「他們很美。」我說。他們眞的很美。

「做你喜歡的事情有意義嗎？如果你喜歡的事根本就沒有意義呢？」

服務生問咖啡是否續杯。他對她說：「我做的事沒有意義。」

「什麼？」她問。

我說：「是的，麻煩續杯。」

「我六十了。」他對我說。服務生此時耐心、性感地向前傾向桌子，將壺裡的咖啡倒滿他的杯子，她的頭髮和我的一樣，細、鬈、越來越長。這一刻，不得不慶幸三人同在一桌，無辜的第三者使我們的對話暫停。同時，隔壁桌的法國家庭正研究著地圖。

我想要和他開心地說話，就像他不在我身邊的時候那樣，開心的，他希望我成爲的樣子。我拿了一本杜斯妥也夫斯基的《永恆的丈夫》（*The Eternal Husband*）給他看，好轉移話題。

「因爲書名而買的嗎？」他先說了這個笑話。書封背面只有一行字：「最兇殘的怪獸是擁有高尚情操的怪獸。」我們從桌子的兩端同時看著這句話。

我母親擺了一個水怪在她的辦公桌上，由五個瓷器組成（/^^^\），旁邊是一排長生蘭花。她在一家室內設計公司工作。她在布料樣本旁的櫃子上放了張我父親扁嘴的相片，一張我八歲時身穿紫色夏令營上衣的相片，還有我妹妹十一歲時在列辛頓大道拿著披薩盒的相片。這些照片展示在一個可放四張相片的透明塑膠相框，相框可翻轉，所以四張照片只會佔去兩張相片的空間。米蕾拉最鍾愛的事情，無論在私生活或專業領域上，便是有效運用空間。

另一個例子是沙發床。枕頭藏在邊桌底下，而遙控放在桌上；毛毯摺起來，放在鋼琴和牆壁之間的縫隙；睡衣放在孩子房裡；廚房的碗和餅乾盒依尺寸大小緊密疊在一起；管線藏在櫥櫃裡的線路管；孩子睡上下鋪；沙發床拉到門邊——

我母親對每個進門的客人說抱歉家裡太小。她告訴陌生人，她的夢想是有間臥房。她幫客戶設計樓中樓的公寓，四房三衛；她爲五層樓的豪宅主人建議枕頭套的樣式，甚至負責爲康乃狄克的避暑別墅挑選可撕除、無紡的壁紙。一個幾乎不負擔開銷的丈夫，兩個健康的女兒，一間位於市中心的公寓，她的薪水幾乎用盡。她竭盡所能運用每一吋空間。

⁂

我不記得他們爲什麼吵架。爲什麼我父親總是，**總是**尖叫？我想不起來哪一次是和她有關，由於她本人的緣故。他只是作戲**給她看**，因爲她一直是他最忠實的觀眾。「他是個演員。」他母親曾經說過。他發狂的樣子是向我母親展現他有多生氣：一個善良、聰明、努力從事熱愛行業的男人，在他的領域終於有了卓越的成就，畫出美麗、有用的作品，但沒有任何人會使用。

他咆哮，但他從未動過她一根汗毛。他不會毆打她。我父親只是咆哮，意味著「愛我」，因爲我也愛妳，因爲妳放任我受苦。因爲我們一起受苦的感覺很好。

其他吵架比較輕微，爲吵架而吵。

「你就只會像狗一樣狂叫。」她會說。

於是他便會怒吼些聽不懂的話。

「叫啊！你叫啊！」她會說。

受不了她大小聲的時候，他會甩門出去。

到底是誰的問題？我的，她的，或他的？環環相扣下，變成我的問題：我父親是醫學界裡無辜的受害者；我母親是我父親底下無辜的受害者；我是個無辜的小孩。如果他不是甩我家的門，他也會甩餐館的門。如果不是我的問題，也不會是別人的，所以呢？無辜的感受對我來說已經成爲慣性，我想要一個罪名。這個渴求反映在我的高中生活，我的褲子越來越垮，上衣越來越緊，耳機就和我的頭一樣大。

我父母年紀很大，比我遇過的每對父母都大。一九六九年他們大學即將畢業，住在七〇年代的格林威治村。但我知道我父母從來沒參與過什麼解放運動。他們對巴布·狄倫（Bob Dylan）、米歇爾（Mitchell）一點也不感興趣。他們當時和現在一樣，只聽那幾首巴哈的變奏曲。我不知道他們的嬉皮同學在串花圈髮帶的時候，他們在做什麼。我想像他們爬上水泥階梯。

我父母一點也不酷的樣子是與生俱來的，彷彿流行的所有樂團、所有褲管造型、鞋子高度都只是路過，對他們的品味毫髮無傷。

我父親經常語帶驕傲地說，我出生時，是一個「陰沉、嚴肅」的寶寶。但總是接著傷心地補充一個事實，我後來變成一個「大嘴巴」。要成爲嚴肅、喜歡巴哈，像我父母喜愛的事物那樣的人，非常困難。我妹妹十八歲的時候，開始和史考特·格蘭尼交往。史考特是個一輩子都在玩電玩也不會被制止的小孩。他之後成爲一個天才程式設計師，但我父母當時並不知道。天資優異的史考特，自信中流露出自大，他嘲笑我父親的「塗鴉」，甚至有時候把莎拉的獸醫課程貶爲「女孩兒」對動物的愛。我父母懷疑他是個混蛋，也是個笨蛋。我妹妹從他亂七八糟的大房間回來時，會要求家裡的收音機轉台，播點蕭邦以外的東西。但從沒成眞。

我們全都住在這個克萊恩餐廳樓上的一房公寓，克萊恩是一家傳統的美式餐廳，打開廁所燈的時候，也常被他們的美國蟑螂嚇到。我外出，半夜回家打開大門，總是撞見沙發床，以及不容打擾、嘴巴微張，睡著的父母。我們生活唯一的方式，就是配合彼此。

我不能說這是沒有愛的婚姻。偶而有些明白的舉動，當我母親雙手捧著我父親的頭，將他的瀏海撥開。我看到的時候，知道這是他們之間的溫柔。但這就是我渴望自己，或我妹妹，未來擁有的明亮伴侶關係嗎？

我父親和我在廚房的桌子上吃早餐。我一早就從滿是羅伯的惡夢中醒來，但我妹妹還在熟睡，證實計程車聲譜成的搖籃曲非常成功。我母親在廚房，炒著蛋。

雞蛋變硬，果汁倒好，餐巾紙在叉子底下摺好的時候，我母親坐下。我把吐司和榛果可可醬從廚房端上桌。莎拉的椅子背後躍過一道晨光。

「睡美人！」我父親對著臥房喊著。

接著臥房的門打開了，莎拉帶著她的左手來到桌前。

昨天晚上就在那裡了嗎？莎拉坐下，我們盯著。我在一片漆黑中竟沒看見那道光芒？

坐在消防出口的時候我也沒發現嗎？莎拉把戴著戒指的手放在可可醬的蓋子上。

她環顧桌子一圈，眼神停在我們每個人的臉上，但我們沒人開口說話，於是她打開罐子，把抹刀插到底，在吐司上塗抹直到整片完全都是可可醬。她咬了一口，閉上嘴巴嚼著，微笑。

「他怎麼求婚的？」我問。我妹妹開始回答，尷尬的是，幾個月後，雅夏問我這件事，我竟然無法完整回想起來。他們到史泰登島的渡輪站兜風，我想，史考特單膝跪下時，莎拉的姿勢應該就像自由女神那樣。她描述整個過程的時候，我看著母親瞪大的雙眼，眼裡充滿痛苦。我父親此時準備開口，我注意到他蓄勢待發。我妹妹說完後，我父親說：「很好。因爲我和妳們的媽媽要分居了。」他還加一句：「正好妳們也會離開這間房子。」他看著我妹妹，然後看著我，下了結論。「反正以後也沒有地方給妳們住。」

「索爾。」我母親說。

「這下公開了。」他說。

「索爾。」她說。

「媽？」我妹妹說。

「恭喜妳！」我母親說。

「他是個蠢蛋，史考特·格蘭尼。」我父親說，「妳要嫁給一個蠢蛋了。」

我飛也似地奔向中央車站。沒買票就上車，躺在椅子上，佔了三個座位。

我妹妹現在在史考特家，想必正接受安慰。我不知道她會不會告訴他我父母說的話。蠢蛋、白痴，所有猶太語中表示「不要嫁給這個人」的字。婚禮預定在九月舉行。格蘭尼太太正在籌備，格蘭尼先生會利用整個夏季重新粉刷他們家：他們會在格蘭尼家的花園結婚。舊金山的夏天不到九月不來，史考特的母親這樣告訴莎拉，而夏天來的時候，整座城閃閃發亮！說明婚禮規畫的時候，莎拉重複說著**閃閃發亮**這四個字，我父親則重複**愚蠢的人**。

史考特跟我同年，即將畢業。莎拉打算大四之前休學一年，搬到加州，以工作經驗抵畢業學分。Dropbox 開出不可置信的起薪給史考特，莎拉完全不急著花用自己的薪水。我知道這只會加深史考特對於莎拉工作「無關緊要」的想法。我母親想知道自己做了什麼促使莎拉走向這樁婚姻。我妹妹想知道她做了什麼促使我父母分居。我們沒有人真正瞭解對方。

一切都結束了，我乘著十一點○七分的車，在車廂的前端，心裡想著。我們也算是扯平。去學校的車程有兩個小時，我還有一週的考試，兩個月後羅伯就會去日本，四個月後是婚禮，如期舉行的話。新英格蘭所有的帆船都將靠岸，沿著列車東邊望過去的弧形海岸停靠。這些船馬上會在夏季解纜。我想偷一艘船，最好是一艘船屋。我的家人彼此調適的時候，我可以住上一會兒的地方。

我想知道一直以來，這一切到底是誰的主意。我想知道我父親是不是個接吻高手。我想知道有多少男人吻過我母親，有多巧妙。我想知道她是不是打算親吻別的男人了。我想知道我母親是不是個接吻高手。我常被稱讚吻功了得，我想吻我母親，跟她聊談戀愛的事。

莎拉和史考特在莎拉大一那年的十月就開始約會了。我父母打從一開始，就發現史考特不是猶太人這件事難以原諒，他缺乏想像力、粗魯、好動、無趣。我妹妹發現他對休閒活動很有天分，從不因爲焦慮而摒住呼吸（我們的家庭熱愛工作、熱愛焦慮），她跟我說他是個「男性解放主義者」。我想就是這種解放，引起我父母的憎恨。而我妹妹也在解放自己嗎？靠著結婚？

售票員走過來查票。他是個年輕的售票員，穿著鬆垮的制服，我在哭，他嚇到了。他爲查票而道歉，等了一會兒，又問了一次。我不想讓他尷尬，於是坐了起來，輕拍我的臉頰，拿出金融卡給他。他只收了一般的費用，沒有罰款。他又道歉，然後說我省了四塊錢。我向他道謝，拿著票擤鼻涕，轉頭望向窗外。越來越多船，越來越多房子。

我從沒做過像結婚這麼大的決定，或離婚。我喜歡在曠野或草原上獨自遨遊。在學校，暑假的時候，我會找一些能讓我遠走高飛的大學，不管他們要送我去哪裡。我帶著小小的行李箱，專注盯著牲畜——愛爾蘭綿羊、英格蘭綿羊——彩繪動物，找個名字滑稽的外國人，在陌生的廚房地板上做愛，再回到冰箱空無一物的家。

以後會有兩個冰箱，分別在我父母公寓的角落嗡嗡作響。他們夏天就會找到新的住處，搬出我們的舊家。我想知道少了對方，他們會不會吃得更多。他們會不會更快樂，長胖了，還是憔悴了。而且，他們爲什麼要這麼做，在此刻，他們都一起過了這麼長的一段時間。廣播宣布：「請帶走隨身物品。」列車停靠，發出尖銳、重擊的聲音，爲我畢業之前最後一次往學校的旅程劃上句點。

我和四個女孩同住一間寢室，大部分的女孩都有了規畫。一個女孩拿到耶魯大學戲劇學院的錄取通知。另一個和高中的男朋友一起進了芝加哥大學法學院。還有一個找到工作，在凱澤集團的顧問公司。

我父親從沒在辦公室裡工作。他大學畢業後就在紐約，和他的朋友卡爾在王子街和美世街的法內利咖啡店吃著烤貝果，配上摻了酒的牛奶，直到醉了。偶而在他母親的化妝品櫃台後面包裝胭紅。他在生意的事上最自豪的成就是用他父母那台沒有計算功能的收銀機「換零錢」。（我高中時找到服務生的工作，他雙眼爲之一亮，問我：「妳需要換零錢嗎？」）紐約再也沒地方容得下這種特殊、可愛的笨機器了。

我朋友伊格幫谷歌寫程式代碼。前陣子我去他的辦公室找他吃午餐，我們跳進球池，還乘著滑板車到餐廳。我應徵谷歌的行銷部門，自我介紹函裡還提到我造訪他們辦公室的愉快經驗，以及「活潑的球池」。我遠房的表哥是個軟體工程師，他建議我刪掉這一段。

我重寫了自我介紹函，用了一些詞彙，包括「產品」、「內容」、「得以」。面試剛好給我機會穿上水仙花色的西裝外套，但我沒被錄取。

在私募股權投資公司的就業博覽會上，我拿到一雙夾腳拖鞋和一個魔術方塊。我和波士頓顧問集團初步面試，但我回答不出全美有多少牙醫，面試官建議我開始計算，下一次就能告訴他們，是三億。

我不適合這些工作。我生在，如羅伯．梅森說的，貧窮的藝術家庭。

我想，也許世界上有其他地方，在那裡可以以藝術為業。我坐在靠近火車站的披薩店，吃著方形披薩，試著想像北極。那裡是黃色的嗎？那個男人的畫，都是黃色的嗎？我不知道住在「藝術家聚落」是什麼情況，我也想知道那裡有多少藝術家。如果他們都是當地的藝術家，他們想必很擅長畫戶外的空間吧？也許他們可以教我怎麼畫光，我可以教他們怎麼畫建築物。也許他們知道全部、全新、不屬於美國的顏色，紐約客會想要買的顏色，北方稀薄空氣中的顏色。一陣微風從披薩店的窗戶吹進來。我把奧勒岡葉香料放回去，隨著微風，走到網咖。那封藝術家聚落的邀請信還在，在我 Gmail 信箱的垃圾桶裡。

那封信保證那裡非常荒涼，而且遠得要命。交通資訊中描述那個地方得從奧斯陸搭乘十八小時火車，再轉乘四小時輪船穿越峽灣後抵達。信上建議我攜帶抵禦暴風雨的裝備，聚落不負責房客健康與安全，大師不負責學徒學習。挪威政府要求外國訪客抵達時需向當地警察局登記來訪目的。只有在峽灣情況允許時才能離開聚落，日期無法事先預測。

我問極地是否還願意收留我。

一個叫英格的女孩遞補了實習缺。委員會當然還強調了她的才華、熱忱，以及他們多麼高興她將加入黃色小屋計畫，接著才說她後來放棄了，改去挪威國家美術館實習。

早上，我們最後一個室友，她總是密切注意職缺，並把消息寫在便利貼上，貼在我們房間門口。她自己還沒找到工作，但她很快就會成爲德州奧斯汀自然花園的仙人掌專家。牆上的便利貼寫著我的名字，以及「遙遠的北方」。

畢業典禮那天，我父母和莎拉一起抵達，莎拉和史考特的家人一起去健行，才剛搭飛機回來。我從沒見過我父母把腳踩進水裡。我從沒看過我父親的小腿。我父母喜歡衣裝完整，在室內、在曼哈頓。爲了畢業典禮，我母親穿了海軍藍的洋裝，上頭有大鈕釦，還有黑色的膠底鞋。我父親的領帶是赭紅色，像結痂的顏色。我戴著牛仔帽，上頭鑲了一圈小小的紅莓裝飾。

我不記得戴帽子傳統的由來，但所有的畢業生頭上都戴著東西：稻草、皇冠、頭盔、猶太素色圓頂小帽、書本打開，用緞帶綁在頭上，像頂無邊帽。折疊椅排滿了整個中庭。我的朋友艾蜜莉被唱名上台，接受喬治．安德魯斯獎，表揚她的學業成就與人品。羅伯．梅森被唱名上台接受哈特．波埃爾獎，象徵勇氣、能力與品格，以及高尙的道德。

我想起他離開我的那個巴士站。我想著巴士、公路、跨海大橋、妊娠紋、我父親的蠟筆、我未來的帆布。我心中只有一個方向，北方。

我父親有什麼？索爾有一本美國歌謠、布魯克林大橋、他對嬰兒的愛，以及凱撒琳．丹尼芙的巧克力餅乾食譜。

我母親，儘管這可能不是什麼好事，但她有個新的室內設計案。在典禮頒發榮譽學位的同時，我描繪母親獨自居住的畫面，像個女王。我轉身，在人群中尋找她，見到她坐在我父親背後的位置。我母親從她坐的位置，似乎可以看見整個世界。我妹妹坐在我母親旁邊一排，就是她往常的樣子，只不過雙頰泛著粉嫩的紅色。我妹妹的眼光專注集中在一個點上：史考特．格蘭尼。我妹妹有個未婚夫。什麼意思？她是我家第一個有這種東西的人。她和我父母依舊不說話，三人都被他們所謂的厭惡感籠罩。

羅伯從臺上下來回到座位上。座位離我不遠，我們直視著前方。所有的畢業生都站起來接受鼓掌。

典禮之後，我收拾行李，只帶了在北方需要的東西。極地的夏天有多熱？我既帶了涼鞋，又帶了羊毛衫。我把鞋子和洋裝給了我妹妹，自己留著項鍊、梳子和所有的襪子。我室友拿了幾本我的書，剩下的放進紙箱，放在圖書館門口。把房間徹底清空真的花了不少時間。我當時不知道，其實我是在預習四個月後更徹底的清空——整個格瑞葛利歐夫烘焙坊的歇業掃除。我的寢室看起來差不多要迎接新的房客了，離開的時間也到了。

我們回到家，發現沙發床沒整理。我的母親，在我們從前的生活，是不可能讓這種事情發生的。現在她把手提包扔在毛毯堆上，脫下她發亮的黑色膠鞋，坐在床上靠窗的角落。她的頭後仰，彷彿在冥想。我妹妹把她的包包放下，坐在毛毯堆上。我父親坐在床上靠門的一角。還有一個角落給我，頭上對著我母親的蘭花。我癱軟在花底下，發現花已不再芬芳。我們沒有人面對著誰。第一次，單薄的沙發床顯得寬闊、恰當。

六月一日清晨，我搭乘地鐵 A 線從西四街到甘迺迪機場。路程大約一個半小時，城市裡的人上車，又在沿線各站下車。我專注地看著這些人，他們很快就會被藝術家、山脈、動物取代。我進入離境的航廈，到機場櫃臺報到。

有些人認爲，生命不是用來愛人的。我父親就這麼說。有些人從來沒被好好愛過，或不記得，也沒人教他們怎麼去愛，於是僅在人與人之間可得的歡愉中度日，蒙蔽生命。

我認爲，一個人一定要熱愛生命。

從我父親身上，我繼承了某些紀律。我知道我們都能夠早起，專心工作數個小時。我們自己一人也沒問題。我們不孤獨，也不偷懶。但紀律這件事，我很確定，必須伴隨著樂趣，否則會變成徒勞。徒勞，就像無人看見的圖畫，或早晨起床後沒有切一片麵包，沒有端詳天氣，沒有把手臂伸進上衣裡，感受織品的質感。

羅弗敦（Lofoten）位於北極圈往北一百五十二公里處，挪威海上六個島嶼連接成的帶狀群島。

我在尋找不同的愛。不同於我父母的愛、我妹妹的愛，或在異國廚房地板的愛。我要我自己的廚房乾乾淨淨，滿是麵包、牛奶、濃湯，還有一個寬敞乾淨的流理台，讓我在裡頭洗盤子。我要原諒我的父親、母親，他們其實很悲慘。我要爲自己找到一個容光煥發、神采奕奕的男人。我既是他的光芒，也是他的黑暗，他的寶貝。

格瑞葛利歐夫烘焙坊

雅夏開始計時麵包烘焙的時間。格瑞葛利歐夫烘焙坊十週年了。他的父親用一個麻花捲和一個超級貝果做成「1」、「0」，掛在店鋪的櫥窗，每個月的第一天再換上新的。老的麻花捲就拿來餵賽普提摩，他們在布魯克林養的貓。賽普提摩是以他們俄羅斯的貓賽普提摩的名字來命名。兩隻貓都是黑色。雅夏的母親是一名鋼琴老師，她幫他們的第一隻貓取了這個名字，因爲牠不尋常的呼嚕聲——完美的Septimo（七度音程）。布魯克林的賽普提摩呼嚕起來就像隻普通的貓。雅夏就叫牠小賽。無論雅夏怎麼努力，也無法想起第一隻貓七度音程的聲音。他只記得俄羅斯的賽普提摩在他母親彈鋼琴的時候去舔她的手。這個十週年紀念日，也代表他上次見到母親，已經過了十年。

她不在，他們仍包辦所有的工作。雅夏主要的責任是維護櫥窗陳列，以及「招攬客人」——他父親瓦西里這麼說。瓦西里知道他的工作得了天時地利人和：天生帥氣的兒子、位於東方大道正中央的店鋪、千古以來麵包的重要性，還有，麵包會發霉，要補充新的。這些原因讓生意蒸蒸日上。他自己本身倒沒什麼提高烘焙坊銷售的動力，尤其是在開店的第十年。除了櫥窗的裝飾外，沒有什麼慶祝活動。他已經不想要這家烘焙坊，他也不想要美國。他想要他的妻子。

兩個格瑞葛利歐夫家的男人每天早上醒來先伸展一番——瓦西里相當提倡晨間伸展——然後烤麵包。雅夏即將高中畢業，他不認識任何需要早上五點以前起床的小孩。爲了補足，每天早上都有很多麵包要烤。雅夏把麵包兩兩從冷卻的架上移到櫥窗。櫥窗變得像方舟，雅夏有時想把巴布卡和丹麥麵包兩兩放在一起，像成雙成對的動物。讓麵包看起來有生命很困難——他們沒腳、沒臉。雅夏曾經想在金黃的猶太辮子麵包上做出笑臉。他父親拍了他的手，制止他把麵包弄得很廉價。突如其來的動作，拍了他一下，一條麵包從雅夏的手裡掉到地上，都會驚動烘焙坊表面薄薄的穀粉，揚起一陣煙霧。

⁂

今天早上，雅夏在櫥窗陳列了新鮮的乳酪丹麥麵包。今天是他喜歡的那種星期五——灰暗、暖和、朦朧。這種朦朧，不像烘焙坊裡微酸的空氣，而是厚重無味的。他喜歡穿越，感受大氣為他分開，退居他的左右。他去學校，心裡感到難得的輕鬆。學期只剩三天，今天的課是美國政府、體育、比較經濟，接著吃三片原味披薩當午餐。高年級工作坊的課，老師要他寫一個故事，圍繞著一個核心問題。雅夏很訝異，自己竟然完全沒靈感。應該很簡單的，他心想。他先列了一個清單：

問題：
貓抓了客人
沒有洋蔥捲了
肥厚性心肌症

星期五晚上清理烤爐

他把整個清單擦掉。他看著空白的一頁，接著在右上角寫上自己的名字。

雅可夫・瓦西里歐維奇・格瑞葛利歐夫

這個名字很長，太長了。他往後仰，椅子前腳翹了起來。美國人沒有這麼長的名字，他們對音節很講究效率。如果他要替自己取這麼長的名字，雅夏心想，至少也得是個威風的名字。在他的名字下方，他寫了：

雅夏：西域之次諧音雷鳴

「五分鐘。」他的老師說。

雅夏努力專注在他的問題上。雅夏想像父親獨自一人在烘焙坊裡吃著洋蔥捲。天氣太熱了，喝不下濃湯。他可以想見父親坐著，手裡拿著洋蔥捲，沾著四分之一磅的奶油乳酪一起吃。下星期學期就要結束了，永遠結束了。**終於擺脫了！**他父親會模仿房東道布森先生的聲音這麼說，這句話也是道布森先生教他的。**終於擺脫高中了！**

雅夏可以將他父親近來的失望歸咎於美國的教育機構，還有柏林圍牆。他想像瓦西里用洋蔥捲的一角從奶油乳酪的尖兒挖下去沾，接著用小小的牙齒撕下一口洋蔥捲。

他父親告訴他的故事是這樣：柏林圍牆倒塌了，俄羅斯的移民法改變了。雅夏的母親奧里雅娜說：「讓雅可夫上美國的學校吧。」奧里雅娜從小就受家庭教師教導，會說法文和英文。瓦西里從小就模仿家裡豬的打鼾聲。根據瓦西里父親的說法，奧里雅娜嫁給瓦西里，是爲了體驗另一種生活。「單純的生活」，奧里雅娜客氣地說。瓦西里很難想像單純的生活會引起她的注意。接著，戲劇性的變故發生了。戲劇性的變故吸引了她：圍牆倒下，大門打開，他們走了。

但他們沒有全都離開。奧里雅娜穿上最好的洋裝——褐色的洋裝，頸部後方有綠色的小鈕釦——去找她父親從前的會計師，向他要莫斯科——巴黎——紐約的機票。當時幾乎拿不到任何機票。那些人對她很好；她提醒他們，她已故的父親，他們的老闆，俄羅斯聯邦下議會的主席，總是按時發給他們薪水，每年聖誕節總是送他們鯡魚。他們給她一張頭等艙的機票，她自己的。這是他們唯一能給她的。而她單純的丈夫和單純的小孩，他們給了兩張普通的機票，飛機在她的航班之前起飛。想想這麼多人想要機票，不管是去哪裡的機票，都彌足珍貴。願她的父親安息。

奧里雅娜那天晚上回到家，讓他把她的洋裝從身上脫下，從綠色的鈕釦解起。之後，在兩人一絲不掛的時候，她給了瓦西里兩張機票。這兩張機票，此刻和他妻子明亮的胴體，在他心中融合爲一。於是他拿了機票，而且同一天晚上，他讓當時七歲的雅夏拿了一把尺丈量機票。雅夏完全不記得那把尺。

他只記得奧里雅娜小心地保存機票，一個星期後，他和他父親抵達了紐約。瓦西里的哥哥和一個遠房表親的朋友聯絡，那個朋友住在布萊頓海灘。雅夏，當時還不到一百二十公分高，在那個人的椅子上睡了三個晚上，瓦西里則睡在沙發。那個公寓向外看出去便是東方大道，顯眼的俄羅斯文字舒緩了瓦西里的鄉愁。有一家空的店鋪，掛著一個閃爍的招牌：「出租。來電查爾斯．道布森」電話裡，道布森先生面對瓦西里的腔調交談自如，並向他保證，布萊頓海灘就是他該落腳的地方。前房客的烤爐還留著，而且道布森先生說，樓上擠一擠的話，可以住進一個家庭。格瑞葛利歐夫烘焙坊於是開張了。瓦西里和雅夏在烘焙坊樓上的閣樓放了兩張床，一張單人，一張雙人。他們等著奧里雅娜前來團聚。但她沒有。

⸻

雅夏從他的清單中選了「沒有洋蔥捲了」，並寫了一個故事。故事是，他父親吃了最後一個，而道布森先生來店裡，要買十二個，因爲今天是道布森太太的生日。而道布森先生非常失望，大叫「**終於擺脫了！格瑞葛利歐夫！**」，於是把他們永遠趕出烘焙坊，連貓都羞愧地跑了。雅夏站起來，在全班面前唸出這一段，兩個鬈髮女孩咯咯地笑，是席妮和艾列莎。她們從十年級就開始喜歡雅夏。雅夏發現她們最喜歡他的頭髮，也是鬈髮。席妮和艾列莎是好朋友，兩人都崇拜雅夏，又互相慫恿對方喜歡雅夏。

兩個女孩，還有大多數的同學，都覺得雅夏不喜歡他們。他考試成績好，又常不自覺抿著嘴唇，經過走廊也不會停下來和別人交談。他身材高眺，肩膀寬闊，讓他看起來比實際上強壯。女孩們猜想在俄羅斯，雅夏一定交過一個又一個穿著皮草、像公主般的女朋友。當然，雅夏在俄羅斯的時候，年紀還太小，不可能交過女朋友。而在美國，整個中學時代，他還是太像個俄羅斯人，一直都非常內向。到了高中，他說話已經沒有腔調，也長到一百八十公分高了。他能正眼看著自己喜歡的女孩。大多時候，他的眼神穿過那些女孩，不被發現他在注意她們——但他並不想接近她們。他幾乎沒有和任何女孩聊天的經驗，再說，和美國的青少女聊天更是挑戰。無論如何，雅夏沒有時間嘗試。他放學後就要立刻回到烘焙坊。他父親得靠他幫忙接待午後的人潮。

他唯一成功交談的女孩，不是在學校，不是在店裡，是一個紅髮的橫笛樂手，他看過她在交響樂團演奏。他稱讚了她的「指法」，他從《橫笛指南》中學到這個詞，但之後想起總是後悔得臉頰發熱。當他發現這個女孩和他母親有種神祕的相似度，他記憶中的母親，於是整整一年不再接近任何女孩。他至今從未接吻。

「我又收了幾個新的鋼琴學生。」奧里雅娜一開始這麼說。「我需要更多時間。」她問：「雅夏身體健康嗎？他在學校嗎？」

「是的。」瓦西里回答。「健康，也上學。請過來吧。」

「她要來了。」瓦西里告訴雅夏。

「我沒看到她。」瓦西里的哥哥丹尼歐從莫斯科打電話來時這麼說。「我從你家的窗戶，沒看到她。」

「她要來了。」瓦西里告訴雅夏。

格瑞葛利歐夫烘焙坊的電話被列進工商名錄當中。雅夏的父親很驕傲，她發現的時候，他更是受寵若驚。奧里雅娜每兩個星期就會打電話到烘焙坊。

「雅夏身體健康嗎？他在學校嗎？」

「是的。」瓦西里說。「妳要來嗎？」

「我們的演奏會要在春天舉行。」她說。要不就說：「聖誕節的音樂會。」

「我找不到她。」丹尼歐告訴瓦西里。「她不住在你們家了。」

電話響了。瓦西里拿起電話，到烘焙坊的廁所去。

「雅夏身體健康嗎？他在學校嗎？」

「是的。」瓦西里說：「請妳來吧。」

到美國的第三年，雅夏就不再問起他母親了，那一年雅夏十歲。

瓦西里來到紐約後，整整四年都沒看過醫生。烘焙坊開業第五年的四月，雅夏看見父親搬了一袋十公斤的麵粉後昏倒。道布森先生付錢幫他安排了身體檢查。

「他們說是肥厚性心肌症。」瓦西里告訴兒子。「我的心臟肌肉超厚的呢！」瓦西里說著，自己也笑了。他的頭髮、腰圍、雙腿，一直以來都這麼單薄。「他們說大多數的病人都可以正常生活。」他說。

瓦西里告訴他哥哥的時候，丹尼歐回他另一個消息。「我找到她了。」丹尼歐說：「她搬到她表親的莊園裡。」瓦西里寫下她的新電話號碼，就連九和六的圓圈看起來都格外高貴。他把號碼給雅夏看，還說，奧里雅娜終於從「單純」的世界回到上流社會。「他媽的莊園。」瓦西里說，語氣中透露一輩子少有的怒氣。烘焙坊生意興隆。爲何又給她的家人一次嘲笑他的機會，心臟瓣膜功能異常，又是他新增的缺點嗎？雅夏那時十二歲，從未看過父親如此生氣，也從沒發現，正值尷尬的年紀，忽然長高以及一貫沉默的自己，面對多年隱形的母親，竟然如此無能。父子決定不談心臟的事情，而道布森先生安排了一連串的心臟檢查。

瓦西里被迫放慢揉麵團的速度，以減輕胸痛，反而讓他的麵包更柔軟有彈性。因此，格瑞葛利歐夫烘焙坊讓阿卡第麵包店歇業了。

又過了四年，到了必須移植心臟去顫器的時候，根據瓦西里的醫療手冊，這是最後的對策。當心臟太過不穩定，必須從體內監控的時候，醫生便會這麼做。瓦西里找出他塞在收銀機底下的油紙，多年前，他把妻子的電話號碼藏在這裡，沒有丟掉。玉米粉磨去了原子筆墨水，但上頭的數字還是可以辨認。他撥了電話，小心翼翼輸入國家代碼。沒有鈴聲，接著是機器的聲音：Эта телефонная линия была отключена。這個電話已停止使用。

丹尼歐沒有任何新消息，瓦西里沒有辦法聯絡她。醫生給他六個月的時間，之後要將心臟去顫器植入他的右心室。這段期間，他還能旅行，瓦西里想要再見一次莫斯科，面對妻子的家人，詢問她的下落。雅夏早就不再納悶她在哪兒了。

⁂

高年級的工作坊結束了。席妮和艾列莎異口同聲問雅夏：「有麵包嗎？」雅夏成功離開教室下樓，免得他得去看席妮置物櫃裡的瓷杯。席妮和艾列莎一起做的，要讓雅夏看看，如果他想看的話。外頭依然灰暗、暖和、朦朧。他不疾不徐去搭地鐵。他從布萊頓海灘的月台走出來時，空氣更鹹了，整個地球都是星期五，這股氛圍促擁著他回家，慢慢地，走在東方大道上。耶芬理髮店的門開著，賽門與葛芬柯（Simon & Garfunkel）的歌曲〈羅賓森太太〉（Mrs. Robinson）傾洩而出。耶芬跟著唱，雅夏經過時，也接著歌曲的「噠嘟噠嘟」。他唱完〈羅賓森太太〉，又開始唱〈亞美利堅〉（America）。這兩首歌是從他父親買的專輯《書夾》（*Bookends*）學會的，這是他們在紐約買的第一張唱片。

雅夏投入地哼著〈亞美利堅〉一開始的低鳴聲，瘋狂走音，嚇跑了一隻剛撿到烤肉的松鼠。人們喜歡他，女孩喜歡他，想要讓他看她們做的茶杯。雅夏望著曼哈頓海灘的沿岸，唱著「我們相愛吧，我們永遠幸福」，潮水低落又平靜。雅夏感覺到幸福靠近，他想要把這份幸福與他父親分享，不管是財富，還是重型機車「杜卡迪街頭霸王S」。他父親可能無法騎杜卡迪。他很擔心他父親。有幾天早上，他父親揉麵揉到一半停了下來，滿是麵粉的雙手撐著桌面，大口喘一會兒氣。喘過氣後，他又繼續揉麵，力道小了些。

雅夏走著，低頭端詳自己的身子，他想著自己是否還在發育。他長得夠高了，但他希望自己的心臟比父親的強壯。他希望他的心臟盡可能的強壯：自然而然懂得接吻，在緊要的時刻充滿勇氣——不管是血液的輸送還是什麼，讓他成爲眞正的美國男朋友。他來到布魯克林已經十年了，現在他幾乎是個合法的美國成年男子，但今天——第一次對著一隻在垃圾袋上小便的狗敬禮，聞著空氣中的鹹味和廢氣，盯著前方筆直的馬路——雅夏覺得自己是個眞正的紐約客。

他快到烘焙坊的時候，他父親正坐在窗邊，叼著根牙籤，拿著一個信封和一把鐵尺。

「回來的正是時候。」瓦西里說。他站起來，把信放在一把大刀下，牙籤吐掉，襯衫塞進褲襠裡。快三點了，人潮即將湧進——看見餅乾雀躍的孩子，幾個護士，道布森先生，以及他們叫他「杜斯妥也夫斯基」的男人。雅夏把書放到屋子後面，腰際圍上黑色的半身圍裙。葛芬柯帶給他的滿足感稍微消失了。他擦一擦眼鏡，等待人群到來。門打開了。

杜斯妥也夫斯基第一個抵達。他蓄著鬍子，鼻子筆挺，頭髮梳得整整齊齊。他前幾個星期五都來店裡，總是穿著皮靴，他的褲管總是捲起來，彷彿在炫耀皮靴，肩膀上掛著各種兒童適用的樂器。他會帶上一兩本杜斯妥也夫斯基的小說，放在迷你吉他的盒子裡。他會先說他要的麵包，然後雅夏在包裝的時候，他便讀書給雅夏聽。雅夏並沒有鼓勵他這麼做，然而，那個男人每個星期都來店裡讀書。

今日的節選是：「他極少嬉鬧，甚至極少愉悅，但任何人一眼，立刻，知曉這不是惱怒……」杜斯妥也夫斯基抬頭看著雅夏，又低下頭。他繼續：「正因如此，他從不畏懼任何人……」男人露齒而笑。雅夏把酵母麵包遞給他。

「謝謝。」雅夏說。

「我才要謝謝你。」男人說，同時把厚厚一本《卡拉馬助夫兄弟們》放回吉他盒。他對著雅夏空洞的表情投以一個臉部扭曲的微笑，那個笑容持續一會兒，雅夏不知如何是好。終於，他轉身離開了。雅夏看著他離去。很難說那個人是神經錯亂還是熱愛俄羅斯文學。杜斯妥也夫斯基愉悅地走到街上。他的酵母麵包，隨著他的步伐敲打著他身上各式樂器。瓦西里笑了，把烘焙坊的攪拌機打開。

「就因爲我是俄羅斯人，不代表我就是阿遼沙．卡拉馬助夫吧！拜託！」雅夏說。

瓦西里笑了，接著打了噴嚏。「雅可夫．瓦西里歐維奇。」他煞有其事地說。

「嗯？」雅夏說。

瓦西里緩慢地向信封上面那把大刀移動。

「那個……」瓦西里開口。雅夏猛地轉向他，還在爲剛才杜斯妥也夫斯基的話不悅。

雅夏背後的落地窗滿是灰暗的霧。雅夏的臉背著光。瓦西里垂下肩膀，後退一步。「我要去廁所。」瓦西里說。

「好。」雅夏說。他挑起眉毛，準備聽接下來的事情。「就這樣？」

瓦西里沒有回答。他走進後面的辦公室，把門關上。雅夏打開放在前門後方的電視，巴西正對戰葡萄牙。從櫃臺後方，他看著那些小小的足球鞋追著球。在他身旁，攪拌機把雞蛋拌進麵粉中，攪拌盆倚著牆壁，發出嗡嗡的聲音。巴西射門得了一分。現在，攪拌盆嗡嗡，雞蛋啪啪，還有一陣人潮的喧囂。電視畫面轉到即刻重播，沒戴眼鏡的雅夏只看得見一些幾何圖案——踢球的人身體呈現垂直，踢球的腿呈現水平，在射門區域裡畫出一道弧線。雅夏的目光隨著踢球者伸出的腿，碰觸到球，射進球門模糊的網子裡。視線越過螢幕邊緣，穿過櫥窗，在東方大道的街道上，有個女人站在郵筒旁邊。是他母親。節目同時進廣告。

雅夏並不懷疑自己的判斷。「母親」這個稱謂的種種俄文暱稱將他淹沒。她的臉頰、嘴唇、雙眼都符合記憶以及十年來見過的兩張相片。她的頭髮仍是紅色。她來了。剎那間他的腦袋一片空白。接著他想：讓她來找我，也好。雅夏轉身看他父親回來了沒，他有沒有看見她。門依然關著。雅夏再度望向窗外，她母親笨拙地跑了，穿著高跟鞋，離開郵筒，往高架地鐵的方向去。

⁂

今天只是布萊頓海灘平常的星期五，但現在每個人都彷彿在奔跑。就連站在路邊靜止不動的男人，也彷彿以雅夏的速度往後奔跑。雅夏跑到街廓的尾端，一躍而下，落地力道太大，膝蓋一陣刺痛。他邊跑，疼痛讓他覺得自己老了，比他母親還老。他母親從背影看來，甚至可能就是那個交響樂團的橫笛手。

雅夏想停下來，他不知道自己爲什麼開始跑。如果她這麼多年都不想見到他，爲什麼如今又來了？她仍然在跑，他就要追上了。她很瘦，能夠輕易穿梭在街上的人群之間。雅夏看見他母親停了下來。他們在巧克力店相遇了。

「不要告訴你父親。」她說著，笑容令人反感。她的手撐著膝蓋，剎那間雅夏忘了怎麼說話。

和她在一起，面對面，雅夏覺得自己像個小孩。列車軌道在他頭上轟隆作響，他根本聽不進任何聲音。他母親環顧眼前所有的俄羅斯商店。她畫了黑色的眼線，眼角有些暈開，戴著小巧的粉紅色珍珠項鍊。她看起來很高興見到他，雅夏幾乎要投向她懷裡。爲了不讓自己去抱她，他的雙手在背後緊握，站得直挺。

儘管自己擺出這樣的姿勢，他希望母親摸摸他，雙手捧著他的臉頰。她只是抬頭看著他。他想知道他看起來如何。他想知道他是否還像七歲一樣，或者是個「大人」，這個詞聽起來很蠢，他討厭去想。他不是很在意自己是不是個大人，只是順其自然——他的身高、他的軀幹都改變了——但現在她一定從頭到腳打量著他，而他看起來還好嗎？老嗎？認得出來嗎？她轉過頭，看著櫥窗裡的糖果。他的腦袋忽然閃過一個絕對沒錯的記憶：他母親喜歡牛奶巧克力；他們曾經，天氣暖和的時候，一起吃了一條形狀像聖巴西略主教座堂的巧克力。

下雨了。街上每個人似乎都在看她——她穿著一件淺藍色、及膝、短袖的洋裝，突如其來的風掀起裙子。她的珍珠沾了雨水，在她的脖子上更為明亮。她笑得花枝亂顫，她的手臂這麼瘦弱，洋裝這麼藍，根本不可能不看她、不請她進去。

他父親現在必定從廁所出來了。雅夏心想，他會不會去鄰居那裡找他。雅夏離開時，收銀機開著，門也開著。而且她為什麼一句話也不說？她唯一說的話，在她興沖沖地勘查街坊之前，是「不要告訴你父親」。雅夏覺得，也許她骨子裡，就是殘忍。他想把她拉進屋裡。他想碰觸她，如果她不打算碰他的話。那也不是不可能，相隔十年了，碰觸她也不無可能。他抓住她的手臂，把她拉進巧克力店。

他母親笑了。

「糖果！」他母親說。店員點點頭，狐疑地打量那件藍色的洋裝。

「妳需要紙巾嗎？」店員問，說著俄語，儘管他母親的只說了一個英文字「糖果」。

奧里雅娜走向收銀台，用俄文輕聲、活潑地說著雨傘手把折斷的事。她的俄文聽起來很詭異。在家裡，她幾乎只對雅夏說英語——老派、家庭教師教的英國腔，並要求他每天說英語——「爲了他的將來」。莫斯科的小學同學，都叫他比爾．柯林頓。

她從收銀台轉身，嘴裡已經在吃東西了——糖珠巧克力。

「你住這裡。」她說，半肯定，半疑問，眼神穿過他，望向窗外。她鬆開拳頭，手裡還有兩片糖珠巧克力。

雅夏轉向窗戶，看她看見了什麼。畫面不太美麗。老男人和老女人正在買蕃茄，此時雨下大了，粉塵似乎也從高架地鐵的月台掉落到街上來。汽車發出喇叭聲。一切事物都因烏雲蒙上灰色，除了兩個霓虹燈招牌，一個粉紅色，一個橘色，看起來老舊，快燒壞了。她的母親看起來心滿意足，舉起空無一物的雙手順了她的頭髮。

「妳叫我們來的。」雅夏說。而且他心想，這個開頭似乎不錯。

他母親眼睛一亮，彷彿這就是她想聽到的。「對！」她說，還拍手，「而且，你看！」她轉向他，從腳到頭端詳。雅夏心想若他事先能洗個澡就好了。他的頭髮沾滿汗水和雨水，黏在頭上。而且他竟然還穿著圍裙，連自己都不敢相信。「你看起來很棒。」她說，還是沒有碰他。也許，雅夏高興地想，拋棄他這麼多年，她覺得自己沒有資格碰他。

也許他不再算是她的兒子了。也許這樣也沒關係。也許這樣更好。雅夏開始盤算，和她握手，好好看她一眼，然後離開。

他看著門把。

「你父親——」他母親說。她話說一半，好似深情地搖搖頭：「他好嗎？麵包店呢？賣了成千上萬個麵包？」

「我們十週年了。」但好像不該這麼說。他想到麻花捲和超級貝果，日復一日掛在櫥窗上的畫面，一點都看不出來是「1」、「0」。他現在想想，對他們的生意好像沒什麼幫助。

「對，嗯，這也是我想見你的原因，就是現在。」他母親說：「我常說，**十年**，我的天。」

「**我常說**。」雅夏在心裡重複了這三個字。她都跟誰說了？

「但我們慢慢來。」她說：「是的。」她拍拍她的裙擺，從下往上到腰際。她從捲筒拉出一個塑膠袋，打開小熊軟糖的桶子。鏟子盡其可能地往下伸，她挖起一座小山的小熊，她抿著嘴唇對雅夏微笑，臉頰隆起，是粉紅色的。小熊軟糖後，是毛毛蟲軟糖、可樂軟糖、覆盆莓軟糖、黑莓軟糖、青豆紅蘿蔔軟糖、花生太妃糖、焦糖、呆子糖、達子糖，接著是一整塊十二盎司的巧克力。

「今天星期五。」雅夏聽見他母親對店員說著俄語。

一共是三十五塊半美元，她付了一張五十美元的鈔票。她從一個橘色的皮夾掏出來，裡頭滿是五十美元。沒有卡片、證件。她投了五角到小費罐裡。

雅夏的母親把門打開，示意要雅夏出去。每個動作都讓雅夏的腦袋使上極大的氣力。他極度渴望向她靠近，又盡可能與她保持距離，他的胃不斷翻滾，而此時她按住門，應該由他按住門嗎？

到了外頭，雨繼續下，繼續把雅夏的頭髮打濕。他的母親似乎一點都不為天氣所苦。她輕快地領著他往布萊頓海灘大道走去，彷彿她就住在那裡，和他們一起，住了十年，在格瑞葛利歐夫烘焙坊，像她曾說她會過來一樣。

「妳在做什麼？」雅夏說，過了一條街後，他突然停下腳步。

「不要停下來。」她邊走邊說。「你會淋得更濕。走吧！」

說得很有道理。他繼續走，保持在她的後方。地鐵軌道在康尼島大道往北轉，於是再度看見天空，依然下著雨。布萊頓海灘大道銜接東方大道，他們經過約瑟夫披薩店和傑瑞披薩店，兩家連在一起。雅夏回想他的午餐，他今天吃的，當時的今天只是一個簡單平常的星期五。很快地，市場的擾攘散去，消失在紅磚堆砌的住宅區。住宅區裡家家戶戶都有個茂盛的前院。

「好可愛！」她說，摸摸濕透的小矮人，輕彈風車，風車在鳥巢旁急速轉了起來。她的拳頭緊握著裝糖果的袋子，她像掐著袋子的脖子一樣。

一走進培樂多遊戲場入口，奧里雅娜直往右去，她空的那隻手揮舞，要雅夏過來。不多久，她在柵門前停下，向外看，欣賞著海岸。曼哈頓海灘，長久以來困惑雅夏的名字，也是布魯克林面對大西洋單薄的屏障。

「我想妳。」雅夏對著她的背後說，希望風不會把聲音傳到她的耳裡。

「我一直都很想你。」她說，打開遊戲場的矮門。「想你想到我以爲我會爆炸。」

她跨坐在一隻蚱蜢上，蚱蜢底下是超大的彈簧，可以前後搖動。她旁邊唯一可以坐下的地方是另一隻大蜻蜓，小孩子得盤腿坐在翅膀上面。

爬上蜻蜓這四十秒，雅夏不需說話，也不需思考，他於是鬆了一口氣。蜻蜓是濕的，翅膀很滑。他的腿太長了，就算盤起來也是。等他總算坐定了，他看起來像是坐在魔毯上的阿拉丁以及窗邊的佛陀兩者的合體。

「你來過這裡玩嗎？」他母親問。

「這裡是給幼兒玩的。」他說，「有時候爸爸和我會在沙灘上蓋東西。」

「沙灘。」她說，然後把袋子遞給他。袋子打開了，她把開口往下捲。呆子糖和達子糖混在一起，看起來像彩色紙花。他拿了一個毛毛蟲軟糖。

「好特別啊！靠著海。」她說。雅夏想起了莫斯科，被自己的國家團團包圍的城市。

「我們喜歡這裡。」雅夏說。「爸爸說，布萊頓海灘，閃閃發亮。」他父親從沒這樣說過。「要不是妳選了今天這種好日子——」

「是啊，我完全不知道自己在想什麼。」奧里雅娜說。「像那樣站在你們的櫥窗旁，瓦西里說不定會看見我，我的意思是，瓦西里說不定會看見我。」她說，往嘴裡送進一塊焦糖。「先是你，雅可夫。」她說：「先是你和我，然後等我們準備好了，就是你父親。」

如果他和她爭吵，他怕她又會消失不見。她正把一大塊巧克力掰成小塊，一塊一塊往下丟進袋子。掰完巧克力後，她把袋子遞回給雅夏。此舉讓雅夏想起中學學生在巴特里公園的鞦韆傳著啤酒。她這麼瘦，這麼有力，這麼餓；他的父親，相形之下，顯得了無生氣。

「爸爸的心很硬。」雅夏說，同時聽見自己心臟發出聲音，非常滑稽。

他的母親，彷彿抓到他的語病，對他說：「你是說他一點也不想我。」

「我的意思是，他心室之間的肌肉太僵硬，所以他必須常常坐下休息。」雅夏說。

她繼續翻找著糖果。「他年紀比我大。」

「他才是妳現在應該見的人。」雅夏說：「我比你們兩個都要年輕。妳可以之後再見我。」

「不，不是現在。」他母親說。「特別是他生病的話。你知道我很難應付的。」他母親說，咬了一口太妃糖，雙頰邊咬邊笑了，讓雅夏不自覺也以微笑回應。他立刻扳起臉。

「一下子要他接受這整件事情不見得是明智的。先這樣吧，親愛的。」他母親說。雅夏想知道「這整件事」指的是什麼。沒有什麼事比這個女人本身更巨大又恐怖了。

「明天就去找爸爸，否則我就告訴他妳在這裡。」雅夏說著，彷彿在和恐怖份子談判。

雅夏的母親從蚱蜢上滑下來，把身上的雨水拍掉，雅夏跟著她走向地鐵B線。雅夏跟上。

「我明天會再來。」她雙腳不停。雅夏沒什麼能夠保證她這番話，只憑她說：「我會來。」雅夏這下懂了，爲什麼過去這十年輕易就發生了。她身上覆著一層薄紗，她出現的那一刻，以及她再度消失的那一刻，都是超自然的瞬間，說不定她來自外太空。

她爬上往月台漫長的之字階梯，一次兩階。雅夏站在路邊，雙手垂下，抬頭看。每當她跨上兩階，他可以瞥見她的內褲。他身體裡的血液都在心臟暫停，又衝向他的四肢。她爬到階梯頂端，拿出地鐵卡，轉向往曼哈頓的列車。雅夏心想，所以她住在曼哈頓，接著又想到，另一個方向沒有列車通行，所以她可能搭著車往任何地方。所有的事情，本質上，未曾改變。

⁂

他渾身濕透回到烘焙坊。他父親還沒去找鄰居，也沒報警，倒是一臉困惑。雅夏站在大門旁，環顧烘焙坊。他想要感謝父親過去這十年，他們的房子、他們的烘焙坊、他吃的食物、包紮的繃帶、書，還有每次他忘記的時候，父親總會去餵貓。他看著瓦西里：身高中等、灰髮、圓鼻子、髒褲子。他想說：你每件事都做對了。他父親幾乎要生氣的時候，雅夏開口了。他說，他把微積分基礎的課本忘在約瑟夫披薩店，所以回去拿，但卻不在那裡。他說他整個附近都找遍了，沒人看到。他只好去找烏索羅老師再拿一本。瓦西里搖搖頭，說雅夏不在的時候，有十幾個孩子來，全都要買黑白曲奇。他們打烊了，兩個男人都沉默，而且精疲力盡。

星期六。買貝果的顧客蜂擁上門，罌粟花種子不夠，瓦西里的褲子沾到溢出的蛋液，雅夏的鞋帶沒綁，鞋帶沾到蛋黃，貓整個早上都在舔地板，瓦西里踢了貓好幾次，瓦西里道歉，對著貓說話，嚇到顧客。顧客，一如往常。丹麥麵包，有點太酸。母親沒來，母親沒來，母親沒來。

❦

「我死的時候，」人潮散去後，瓦西里坐下來說，「不要把我跟別人放在一起，帶我遠走高飛。」他望著窗外的海灘。「你記得嗎？雅可夫．瓦西里歐維奇，馴鹿獵人？」

他當然記得馴鹿獵人。那是他父親最喜歡的故事。他每個月都會講一次。

「沒有。」雅夏說：「什麼馴鹿獵人？」

「薩米人（Sami）。」瓦西里說：「他們住在世界的頂端。」他擤了鼻子。「我父親的打獵教師就是薩米人，從拉布蘭跨過陸橋來到俄羅斯。那裡沒什麼人住，幾乎都是冰。」瓦西里打呵欠的同時笑了，雅夏看見他整口小小的牙齒。「他的名字是歐莫，還曾經教我開槍。我長大後回想，我喜歡歐莫勝過其他人。」

「你會開槍？」雅夏說。

「我知道怎麼射殺馴鹿。」

「你曾射殺馴鹿嗎？」

「沒有。」瓦西里興高采烈地說。「你父親是根小樹枝。」小樹枝？雅夏想像樹枝被馴鹿獵槍打個粉碎。「我想過歐莫的生活，獵人的生活。」瓦西里說：「但我命中沒有。我命中有洋蔥捲。」瓦西里笑得更開，他的牙齒顯得更小。他繼續說：「我這輩子並不寧靜。歐莫是那樣生活的，好幾年，橫越拉布蘭，無人之境，只有冰。他過著寧靜的生活。寧靜。」瓦西里對著雅夏瞇眼，暗示他接下來要翻譯了。「Мир[2]。」瓦西里說，「這個字曾經在我睡前，迴盪在我耳邊。我當時還小。唉。」他伸展他的背。「我可以住在一片死寂當中，至少。我死後漫長的時光裡，可以看著冰原。」

雅夏雙手一撐，坐在櫃臺兩台收銀機之間。

「這是我對自己許下的心願——」瓦西里說。「死在寧靜之中。」

雅夏的手指落在「現金」的按鍵上，發出「叮」聲，抽屜打開，他又關上，又按了一次。他連續按了五次。他瞭解到，他的母親，並不能帶來寧靜。

一個女孩進來店裡。「請給我三個丹麥麵包。」她說。

2 譯注：俄文「世界」之意。

「今天的有一點酸。」雅夏說。

「但妳很甜啊！」瓦西里說，吃力地從椅子上站起來。「如果丹麥麵包太酸，我請妳一個巴布卡。」

女孩笑了，撥弄著瀏海。她的眉毛非常稀疏，圓滾滾的雙眼，不起眼的鼻子，讓她看起來有點像個嬰兒。瓦西里給她三個櫻桃丹麥。她咬了一個，說是甜的，然後瓦西里給他一個巧克力巴布卡。「今天星期六。」瓦西里說，只收那個女孩丹麥麵包的錢。雅夏想起了什麼。三十五塊半。**今天星期五**。五十元大鈔。他們兩人都會這樣嗎？很久很久以前，他的父母可能有一些他們之間的笑話嗎？**今天星期六**。他父親才剛這麼說。雅夏想像他母親的內褲。雅夏想像他母親一個星期每天都穿不同的內褲。**今天星期五**。**今天星期六**。他的父母，十年後，說不定會愛上對方。女孩走出烘焙坊時，已經吃完一個丹麥麵包了，掉了些碎屑在地上。雅夏跑上前去，阻止貓跟著她走掉。

「她很可愛。」瓦西里說，「不是嗎？」

「跟我無關。」雅夏說。

「女人哪——」瓦西里開口，又停下來。

雅夏想聽他接下來要說什麼。兩個男人，同一時刻，都在想著奧里雅娜。四點了，恰好是昨天她出現的時間。雅夏望著外面的郵筒，不見母親。他把貓抱起來，抓住牠。他心想，貓會不會有什麼動物的方法能找到她。貓咬了雅夏的臉頰。

「我愛你的母親。」瓦西里說，再度坐下。

貓咬得有點用力，雅夏鬆開牠。他能說什麼？不是「我知道」，也不是「我也是」，更不能說「她在這裡」。不是嗎？

「我愛你的母親。」瓦西里說，語氣更加堅定。「所以，我在想——」他拿起放在角落的大刀，但底下的信封已經不在了。他抬頭望著天花板，又看著大刀，然後看著雅夏，手伸向洋蔥捲的籃子。他拿刀戳向一個洋蔥捲，從中間切成兩半。他打開冰箱拿出奶油乳酪。雅夏看著父親熟練地抹著洋蔥捲，表面看起來像個馬戲團帳棚：白色、光滑、幾個尖兒。正當雅夏要父親把話說完時，道布森先生進來了。雅夏從沒這麼討厭門打開。他父親對拉布蘭的感覺是對的，雅夏心想。無人、冰原、眞正的寧靜。

瓦西里和雅夏就住在烘焙坊的樓上。公寓的格局就和店鋪一樣。雅夏睡在窗邊，瓦西里則在後面，烤爐的正上方。

雅夏剛刷完牙，在他的床邊做著伏地挺身。他母親一整天都沒來。她沒有遵守承諾——但他也沒有，他對父親隻字未提。要他去向他父親開口是不公平的，他父親聽了說不定會暈倒，或者更糟，這聽起來像個惡劣的笑話。雅夏的手臂發燙，他希望明天早上也看得出鍛練的效果來。如果她早上來，他看起來會更強壯。如果她沒來，他也可以去揍別的東西。

他父親敲門，輕聲說，「雅可夫．瓦西里歐維奇。」

「進來。」雅夏說。

瓦西里打開一個足夠鑽進來的小縫，沒關門。雅夏從地上起來。他父親已經換上特別的睡衣了。這是第一個警訊。他父親平常的睡衣是四角褲和一件粉紅色的襯衫，三年前某一次爲了賣情人節粉紅色餅乾發生的意外。他很少穿上他最好的睡衣：道布森太太送的，成套的睡衣，上衣是開襟鈕釦，領子有魚嘴形狀，褲頭有鬆緊帶，整套睡衣上印著小小的灰色貝果。瓦西里把貝果褲管捲起來，他跟杜斯妥也夫斯基學的。他父親胸前口袋的信封是第二個警訊。賽普提摩躡手躡腳，從打開的門進來，坐在瓦西里露出的腳踝旁。

「信封裡面是什麼？」雅夏說。

「票。」瓦西里說，還倉促加上一句「生日快樂」。

雅夏的生日禮物通常都從烤爐裡頭拿出來，通常會有兩倍的糖霜，或灑上M＆M巧克力，有別於其他每天烤的蛋糕。他父親不太擅長記日期，生日蛋糕通常會遲到幾天，從前也不曾提前送禮。這是第三個警訊。

「我們要去看表演嗎？」雅夏說。

「也可以那樣說。」瓦西里說。

雅夏從他父親手中接過信封，看著裡面的票。是單程的機票，紐約往莫斯科，下個星期四起飛。只有兩張。

「我一直在想。」瓦西里說。

「畢業典禮。」雅夏開口，這是他想到的第一個藉口。「二十九號。」

「眞糟糕。」瓦西里坐在雅夏的床上說。「我以爲學期的最後一天。我想，我們快點出發。星期三學校結束，星期四就走。我不知道畢業典禮。」他的雙眼發亮。「我從沒參加過畢業典禮。」他拍拍大腿，薄薄的麵粉飛出來。「我以爲，學期結束，就結束了。」

雅夏深愛他的父親。他父親說話的時候，他懂得他的話。他父親有時候有點古怪，但不是瘋子；不是風流倜儻，但討人喜歡，很容易就喜歡上。他自我消遣一番後會笑，生氣的時候會摔門。他的褲子總因沾到蛋液而發黃。他的頭髮灰白，長到耳朵。雅夏懷疑，他的內在，是一片寧靜。

我以為，結束，就結束了。雅夏對自己重複這句話，希望他母親永遠都不要再出現。「我們走吧。」雅夏說。「我不需要去畢業典禮。」如果她眞的再來，他們早就走了。讓她想念我，雅夏心想。「省下一百塊，不用租帽子和長袍。」他說。

「那又怎樣，你可以戴十頂帽子。」瓦西里說。「皮草帽，甚至蓋住耳朵的。」風吹進來，雅夏的百葉窗拍著窗戶。瓦西里說他會找到奧里雅娜，親吻她的雙手，讓她看看他的灰髮和英俊的兒子。瓦西里摸摸自己的嘴唇。他說他想像自己的身體越來越單薄，而他的心臟卻越來越厚，直到結束。那一刻，他希望自己的妻子在身邊。他說他們的果汁和牛奶快沒了，但他不打算補貨。「當成度假。」瓦西里說：「等我們回來，」他瞇著眼，「醫生就要把我的胸膛打開了。」

⁂

星期一的午餐時間，奧里雅娜站在學校門口。天氣晴朗，她靠著柱子，一隻手對著自己搧風。雅夏到外面透透氣，吃火雞三明治。等一下是微積分基礎的考試。他不記得曾告訴她自己是哪一所學校。

他有太多問題要問，才能搞懂所有的事，問題涵蓋面向廣大，從「妳怎麼知道我在哪一所學校？」到「妳爲什麼不想養我？」還有「妳知道我們即將做什麼嗎？」她穿著一件橘色的洋裝。她一見到他，興高采烈地揮舞整隻手臂。他不想過去加入她的幸福快樂。他想吃火雞三明治，上個廁所，再讀一下參數方程式。

「雅可夫！」她大叫，引起街上幾個小孩注意。

他急忙過去，以免她繼續大叫。「小聲一點。」他說。

「爲什麼？」她說。「你看，我帶了蘋果，給我們兩個吃。」

「我要妳週末來，結果妳沒有。四十分鐘後我要期末考，妳卻在這裡，要吃午餐？」

他母親遞給他一個黃蘋果。她說：「哪裡可以買到好吃的三明治？」

雅夏閉上嘴巴，嘴唇翹起來。他又感覺到自己的身高，意識到自己的手臂，還有飢餓的感覺。他準備大吵一架。

「妳可以在格瑞葛利歐夫烘焙坊買到好吃的三明治。」雅夏說：「妳丈夫和兒子工作的地方。」她已經開始吃她的蘋果了。

「雅可夫。」她說：「如果我直接衝進去，找你父親……他的心臟生病了，在這麼多年後……這樣對我們都沒好處。」她空著的那隻手揮動著無限大的符號，先是對著雅夏，然後指向自己。

「如果星期四之前不跟我父親談，妳就失去機會了。」

「星期四？」他母親說。她笑了，因此被蘋果嗆到。她的笑聲混著咳嗽，然後又只剩笑聲。「看看你做什麼好事，害我嗆到了，這樣威脅我。好吧，小大人，也許星期四你可以幫我，也許星期四可以。」

十年前，雅夏需要他母親的「幫助」，幫他拿學校制服，幫他炒蛋，幫他梳頭髮。這麼多日子以來，她都拒他於千里之外，沒有幫助，沒有情感，一路拒絕了他十年。現在她就站在她慷慨的雙手面前，他有能力，但也心寒了。

「我怎麼可能幫助妳？」雅夏說。

「我們明天一起為你父親想一個計畫。你現在去考試，像個小大人。」她說：「而且一定要大幹一票。**大幹一票**。」

雅夏上樓走向烏索羅老師的教室，她的聲音像緊箍咒一樣在他腦裡不斷重複：**小大**

人，小大人。她比他所認識的每一個人都還要一副無謂的樣子。他學校裡所有的學生，他自己，他父親——回想起來，比起他紅髮的母親，其他人似乎都被煩惱纏繞，絕望地憂鬱。她所向無敵。她讓他覺得自己如此無力、空洞，他走向走廊，想找個東西出拳，於是轉向高年級置物櫃，把艾列莎推向櫃子，親吻了她。

他們緊閉的嘴唇碰在一起，時間足以讓雅夏確定這是一個吻，然後後退一步，走進數學課的教室。在教室裡，他可以聽見外面瘋狂的尖叫，不只是艾列莎，還有旁邊的女孩。他從教室後門的窗戶往外看，艾列莎坐在地上，抱著肚子咯咯笑，試著呼吸。其他的女孩圍在她身邊，撥著自己頭髮，搖著艾列莎的膝蓋。雅夏抿了嘴唇。那個親吻沒留下什麼痕跡，一點滋味也沒有，而且結束了。雅夏還是得去上廁所。烏索羅老師發下考卷。

「你有讀書嗎？」一個叫史蒂芬的男孩從雅夏隔壁的座位問他。

烏索羅老師宣布考試開始。

雅夏星期二下樓吃午餐時，他要他母親在樓下等他。她沒來。兩個小時後，雅夏放學要離開時，她出現了，在學校大門，她想要去林肯中心。

「帶我去噴水池。」她說。

那是學校結束倒數第二天，而且那天狀況不少——學校空調系統功能異常，往教室裡送暖氣，每個人全身是汗，有些一年級生還哭了；艾列莎到處跟著他，靠在置物櫃上，問他想不想「再來一次」，而他確實有點想，但他每次都直接忽視她，後來她甚至對他大吼，希望他回去俄羅斯，永遠不要回來。

事情眞的會那樣嗎？如果他們搬回俄羅斯，他母親會跟他們回去嗎？他們可以引誘她過去，把她困在那裡，然後再一次大老遠跑到美國嗎？她此刻在他面前，蹦蹦跳跳下樓，走進地鐵。

列車加速，雅夏看著白色的磚塊蜿蜒鋪滿隧道的牆壁。列車震動時，坐在他母親的身邊令人感到安心，**任何**一位母親都能讓他安心，他想。車門發出聲音，門打開，又關起來。車上每個人似乎都半睡半醒。他閉上雙眼，任由沉重的震動搖晃身體，像個嬰兒在座椅中央。

他們在六十六街下車。街上的瀝青閃閃發亮。有個男人在百老匯的東邊賣裱框的相片。相片一張一張陳列在折疊桌上，沒裱框的相片放在標上字母的桶子。奧里雅娜走過去，手指在桌面移動。她看著一張布魯克林大橋的月色，還有瑪麗蓮夢露、約翰藍儂。有一張黑白的照片在後方，是一個小女孩親吻一個小男孩。雅夏看著那些照片，更加確定他對親吻這件事瞭解得太遲。他永遠不可能問他父親這種事，但他母親，看起來似乎長久處在接吻的狀態——她的身體和周圍吹拂的風交纏在一起——她一定，不用懷疑，對這件事有很多看法，而且雅夏，雖然不情願，卻想要請教她。

親吻的孩子旁邊放著一張彩色的林肯中心，中央是噴泉，拔地沖天。相片裡是個大晴天。賣相片的男人對著奧里雅娜微笑——俄羅斯的鼻子、黃色洋裝。接著男人抬頭看著她頭上ＡＭＣ洛伊斯電影院轉動的看板，此時，她拿起一張五乘七的林肯中心，接著鬆開手，照片掉進她肩上的大包包裡。當男人再度把視線轉回他的桌上，她已經把空缺的位置補上，把相框平整地排好。她拿起約翰藍儂的相片仔細地看。

雅夏的手心開始冒汗。他看著桌子後方的男人，心裡一半希望他沒看見，一半又希望他報警。如果他們現在把她帶走，他就會有時間思考他和爸爸的事。如果她被關起來的話。

「可憐的男人。」她說。「眞是悲劇。」她把藍儂的相片放回桌上，謝謝小販。

雅夏熱情地謝謝他，祝他今天順心，夏天愉快。那個男人要他好好照顧他可愛的母親。

「去中央公園散散步！」那個男人在他們背後喊著。

「是呀，你想不想去公園？」他母親說。「不只是今天，我是說，每一天，你喜歡嗎？」

「妳剛剛偷了——」他們還沒走遠。「妳的包包裡有個東西。」他的表情不能再更震驚。

「我的包包裡有很多東西，雅可夫。」奧里雅娜說。「你的呢？」她問。「你的書呢？你放在學校嗎？在烘焙坊？告訴我。」她說著，往東轉進六十七街，公園的樹木映入眼簾。「你喜歡在烘焙坊工作嗎？說眞的，你喜歡嗎？你會不會厭倦那些麵包？」

對雅夏來說，麵包乾淨又單純。麵包沒有血管，也沒有骨頭。麵包分解成糖分，塡飽人的肚子。麵包什麼都能吸收。麵包是最好的。

「厭倦布魯克林呢？會嗎？」他母親繼續說。「說不定你想住在曼哈頓？你可以和我住在一起，在曼哈頓。」

交通號誌變了，他們穿過中央公園，往西邊的車子從他們後方急行，駛進公園，每輛車都發出呼嘯聲。

「你住在曼哈頓？」雅夏說。

「我來這裡三個月了。住在伊恩的公寓，在翠貝卡。我需要你的幫助才能待更久。」她熱切地看著雅夏。

雅夏不想看著他母親，聽見她的聲音已經夠了。一個男人騎著單輪車往公園西側的自行車道，雅夏看著騎士的腳踝轉著圈，幾乎把人催眠。

「誰是伊恩？」雅夏說。

「我們要結婚了。」他母親說。

就在那一刻，彷彿上天安排要轉移雅夏的怒火，單輪騎士對著雅夏舉起帽子，加速通過一輛馬車。他們看起來都像他母親請來的馬戲團戲班，而他母親是犯罪集團的首腦。

「妳結婚了。」雅夏說。「跟爸爸。」

「如果我與你父親見面。」她說：「我會請他讓我自由。」

自由，雅夏心想。自由自由自由。

這些年來，誰才自由？雅夏看著四輛車子從橋底下呼嘯而過。大家難道不自由？她留在俄羅斯，爲了自由。他們來到布魯克林，爲了自由。他們開了一家店，賺了些錢，很自由。她遇到另一個男人，自由自在——「他是誰？」雅夏說。

「一個美國人，雅可夫，就像你。喔，天哪，我可以叫你雅各！」她笑了，他可以看見她的肋骨在胸前起伏。「他有非常多的錢，可以隨心所欲，而他想要的，願主保佑，就是俄羅斯！」她的黃色洋裝是彈性布料，每當她的身體伸展開來，衣服顏色就會變淡。

「他來找我上課，當然囉，我能教他什麼？他琴彈得像夢境一般。」她說：「我的學生。」

「爸爸也是妳的學生。」雅夏說。故事就是從這個事實開始的，他父親和母親相遇的故事，雅夏有時候在睡覺前央求父親說給他聽，在他還沒有完全停止過問母親的時候。

「老師，和學生——」她說。她把手放在鎖骨上。

雅夏向公園往前跨了一步，轉身，看著背後的她，提著她的大包包，裝著醜陋的相片，雅夏的視線就像X光透視包包。他看著她的手，指甲剪得很短，手指纖長，想不起來她的肌膚觸感——想不起來她是否經常抱著他。他只能想起她的手指觸碰鋼琴，週末的時候，她偶而和父親四手聯彈。父親的鋼琴從來就彈得不好。他父親，她的第一個學生，後來被第二個學生取代，一個鋼琴彈得更好的男人，更富有的男人，無疑是個沒有孩子的男人，無疑是個對她無所求的男人，買給她這些色彩繽紛的洋裝，帶給她天堂。

「我們結婚後，會住在紐約，和你一起。我希望。」

「我們要離開紐約了。」雅夏對著他母親，盡可能大聲、簡短地說。「事實上，要去找妳。」他任性的家人導致眾多你來我往的錯誤，爲了矯正或惡化這些事情花費的氣力，讓雅夏頭昏眼花。「爸爸買了去莫斯科的機票，他想要去那裡找妳，他想要——」

「荒謬，」他母親說。「聽好，你必須告訴你父親，告訴他，媽媽在這裡。她很快樂，她已經展開自己的新生活了。現在最好的——明理的作法——就是讓這個女人走。就是這樣，然後你把這個拿給他。」她從袋子裡掏出一個資料夾。「然後叫他簽名。你要求他簽，他會簽的。雅夏。」她說。

「我要求他簽，他會死。」雅夏說：「雖然，妳說得對，如果妳拿著這個出現在他面前，他會死得更急更快。」他母親站著，揣著離婚的文件，不比一個洋蔥捲厚的文件。「我們星期四要走。」雅夏說。「我們要去**征服莫斯科**，爸爸一直這麼說，而且玩得痛快。爸爸從來沒離開過烘焙坊，自從……事實上，自從我們搬進去後。但我們這次要徹底出走。他說是**格瑞葛利歐夫最後的大冒險**。如果妳想要粉碎他的心臟，妳可以等我們回來，等他們裝好心臟去顫器。也許等他胸裡有了那個東西，妳就不至於完全毀了他。」

「到時警察就來找我了。」他母親說。雅夏可以想到一百萬個理由逮捕她，但她卻說了他沒想到的那個。「他們會把我踢出這個國家。」她說：「你要知道，沒有離婚，沒有結婚，就沒有居留許可，對我這樣一個外國人。」她說。

「他們不會這麼快找到妳的。」雅夏說。「妳很難找。」雅夏想起他父親在廁所，對著電話，要她過來。他想著一個看不清楚臉的男人，這一通一通的電話中，一定在她的房間，和她在一起。她說著**快了**、**快了**、**快了**的時候，親吻她的脖子。——「妳的假結婚可以等一下吧？不行嗎？」雅夏說。「我們不會一去就是十年。我保證。跟你那個王八男友說——」

「伊恩。」他母親說。

「告訴伊恩勒住他的馬。」

一匹毛色不均、面帶愁容的馬正在天橋上踱步。現在雅夏接下首腦的位置，演員和馬匹都聽他的指示。隨著他變出的馬匹，雅夏轉身走出公園，距離百老匯西邊兩條街的地方，從六十七街走到五十九街，回到通往等待地鐵 B 線的路。

回到烘焙坊，他發現他父親和道布森先生唱著〈歸去來兮〉（Homeward Bound），父親唱著賽門的部分，道布森先生唱著葛瑞芬的部分。道布森先生拍著角落那一袋黑麥，維持拍子，多少有點幫助，畢竟這兩個男人都沒唱在調上。他父親正把烘焙坊裡所有的麵包丟掉。他拿著一個黑色大垃圾袋走來走去，清空所有的籃子。

家！（他丟掉猶太辮子麵包。）

我的思緒奔向！

家！（他丟掉巴布卡。）
我的音樂飛揚！
家！（他丟掉蛋、其他東西，還有洋蔥貝果。）
我的愛安靜地等待我的地方。（終於，他丟掉洋蔥捲，把袋子綁起來，扔到地上的貓碗旁。）

「安靜地等待我。」瓦西里獨自哼著。
「噹、噹噹噹、噹噹。」道布森先生低吟。
「雅可夫．瓦西里歐維奇。」瓦西里抬起頭。
「耶穌基督！」雅夏說。
「只有道布森先生！」瓦西里說。「他是我們最後一個顧客。」
「格瑞葛利歐夫要返鄉！」道布森先生唱著。
瓦西里開始抖動他的肩膀，跳起雅夏永遠不可能想像他父親的身體跳的舞——還在空中揮舞雙手。左手無名指還帶著一只金戒指。
「爸爸。」雅夏說。
「雅夏！」瓦西里說。「我要給你看幾件襯衫。」
「你們什麼時候走？」道布森先生說。
「星期四。」瓦西里說。「冬天以前回來，但誰知道什麼時候？」

「過來，小賽。」雅夏說。貓抬頭看他。他父親把整袋的麵包提起來，貓的碗飛到牆壁上，雅夏舉起貓的前腳，把牠抱起來。瓦西里打開門。

雅夏向外看著海的方向。浪花前仆後繼，往陸地上捲起。他父親在油紙上寫了「不知何時回來」，告示掛在門軸上。雅夏深吸氣，烘焙坊聞起來空洞。

「好啦，我親愛的格瑞葛利歐夫。」道布森先生說。

「**終於擺脫了！**」三個男人各自以自己的音調說出這句話，聽起來比他們合唱過的任何一首歌都還要和諧。

星期三放學後，雅夏對史蒂芬說再見，沒有向艾列莎道別，直接奔向地鐵。現在他已經要他母親離他遠一點，她卻反而更可能出現。她不在學校門口，但雅夏更害怕看到她去家裡找爸爸，不惜犧牲他的命，要他在文件上簽名。雅夏搭了無人的地鐵回家，沿途站著，準備開戰。

雅夏回到格瑞葛利歐夫烘焙坊，門關著，燈暗著，架上是空的。往地下室的門打開，從走道上可以看見一個燈泡連接電線垂吊。他跑下去，瓦西里在那裡，獨自一人。他的牛仔褲管捲到膝蓋上，手上拿著一個垃圾袋，奮力涉水。

「淹水了。」瓦西里說，他的前額滿是汗水。「整個大道都是，水管也叫我們快走！」他笑著，濕答答的手擦過額頭，水從臉上流下來。他在笑，但水滴像淚。雅夏雙腿發麻。「幫我把這裡清一清，雅可夫．瓦西里歐維奇。」瓦西里說：「這樣我們才能上樓整理行李。」

「今天有人來找你嗎？」雅夏低聲問，知道答案是沒有。如果消息走漏，他父親不可能在這裡對付淹水。儘管如此，還是確認一下。

「只有杜斯妥也夫斯基。」他父親說。「道布森先生心腸太軟，承受不起再一次道別。我叫杜斯妥也夫斯基今年夏天去伊利亞那裡買酵母麵包。他看起來很失望。我告訴他我們不在的時候我會唸書給你聽。我還告訴他，不用白費力氣對老伊利亞唸書。」

雅夏笑了，不是因爲他們七年來又胖又可愛的對手老伊利亞，而是他母親。她根本沒有任何能耐。雅夏心想，鬆了一口氣，卻也覺得有點可惜。她沒有能耐出現，即使是爲了她自己，即使是爲了實現她那卑鄙的願望。

「把那袋麵粉丟進垃圾桶。」瓦西里說：「我去拿抽水馬達。」

瓦西里和雅夏一起清理了一個小時。瓦西里滿身大汗，聊著行李箱上的名牌，雅夏的母親曾穿過的褐色洋裝，飛機上的飲料，健走鞋，還有要去基泰哥羅找某人剪頭髮。雅夏裝了三袋濕掉的白麵粉，共好幾公斤。瓦西里把地下室的積水抽乾，催促他兒子上樓，輕輕擺動著肩膀，拍著手，這是在布魯克林的最後一晚。

雅夏，十七歲，想要他母親回來，但拒絕接她回來。想要保持距離，想要他出生的地方，想要一點時間，想要他父親吸一口天空底下新鮮的空氣，而不是烘焙過的，不說任何阻撓他們旅程的話。

隔天，雅夏帶著賽普提摩到道布森先生的庭院門前，親吻牠的頭，把牠放到庭院地上。貓的脖子有個紅色的項圈，上面綁了一張字條寫著：「叫我小賽」。

奧里雅娜從李奧納德街四八〇號，伊恩的公寓撥了一通國際電話。丹尼歐接了起來。她明白地說：「瓦西里很快會抵達莫斯科。如果他找我，告訴他我人在紐約，我愛上別人了。我的表弟會拿一些文件到你家，我最小的表弟。你不用招呼他，叫瓦西里馬上簽名。他簽完名後，打這個電話，請他冷靜。我聽說他身體不適。」

那天晚上，直立型鋼琴送到伊恩家裡。雅夏的母親為其命名為史克里亞賓[3]。丹尼歐讀著葉夫根尼送來的離婚文件，讀到睡著了，夢見他弟弟和一群獵犬。他在床上翻身的時候，紙張掉到地上。在達美航空的機艙後方，瓦西里把腿伸到走道，雅夏坐在他身邊的靠窗位置。

艾列莎到切爾西碼頭的日落露台尋找雅夏。那天是畢業舞會。

3　譯注：Scriabin，俄國著名作曲家、鋼琴家。

黃色小屋

為了去萊克內斯的藝術家聚落，我從奧斯陸（Oslo）搭火車到特倫汗（Trondheim），從特倫汗換車到博多，最後再搭船。船的名字是海達路德號，從一八九三年開始載客橫渡峽灣。首航的船長名叫韋斯。到了斯塔姆松（Stamsund），一個叫倪爾斯的人會在海達路德的船舶處接我（fetch me）。（挪威人很愛用「接」字，但從來不是指接小狗。）

在斯塔姆松一個圍繞紅色小屋的卸貨區，有個男人站在一輛褐色的車旁，拿著一罐綠色的啤酒和一條廚房抹布。一見到我，便揮舞手中的抹布，但臉上沒有笑容。我熱情地微笑。為了把行李箱從海達路德號的卸貨斜坡搬下來，我全身是汗。我推著行李箱走向他，石子路上的石頭發出聲響。他把貨車門打開，然後說，「倪爾斯。」

我很高興。這裡有個男人像一張白紙，身形如此矮小，顯然不因綿延的山峰感到不安，毫無興趣認識新朋友——他不可能跟懷孕、離婚或紐澤西有關。這裡有個處於初始狀態的人類，全然地純真。

他邊開車，邊把啤酒喝完。我們行經的山峰實在恐怖——尖翹、巨大——層巒疊嶂，氣勢逼人，旅遊書上覆著雪的三角形山峰根本不算什麼。山脈之間的峽灣海水是明亮的土耳其藍。倪爾斯和我行駛在歐洲十號公路上，穿過羅弗敦群島的第五個島嶼——韋斯特沃格於（Vestvågoy），緯度高於北極圈兩度的地方，與挪威本島相隔韋斯特峽灣。幸虧有墨西哥灣流經過，這裡不至於冰寒。挺立的花朵沿著道路兩旁生長，花朵的背後可見灰色的岩石。我們一直開，直到抵達森林裡的一片空地，中央有個長形的房屋，弧形的屋頂尾端是龍形的雨漏。一根木樁立著藍色的招牌寫著BORG（博格村），另一根較短的則有個白色招牌寫著VIKINGMUSEET（維京博物館）。

我在博物館訪客中心接待人員的日誌上簽名，倪爾斯帶我從側門出去，穿越一片田野，走進一座空的穀倉。光從閣樓窗戶灑下，照在倪爾斯褐色的毛衣、褐色的鞋子上。

「妳是我的學徒。」倪爾斯說。我感到自己接受告誡，受封為爵士。

「是。」我說。我在實習手冊上看過這個穀倉的照片，但並沒有提到周遭環境。我問：「黃色小屋也是維京博物館的一部份嗎？」

「黃色小屋是獨立的。」倪爾斯說。接著，揮動手臂，補充一句：「這些是我的牆壁。」我環顧四周，發現三面牆壁是黃色的拼接壁畫。那並非單純的單色牆面，他利用不同的色調，在芥末與番紅花的色系之間，以細微的輪廓創造出魚、六邊形、不對稱的圖形。倪爾斯指著第四面牆壁說：「妳的。」三支全新的筆刷，一個特羅姆斯冷凍蝦的空桶，各色的壓克力顏料，堆在我的牆壁前。

「部長一個月內會來。」倪爾斯說。「KORO（挪威政府現代藝術局）的官員會來審查黃色小屋，如果他們喜歡的話，我將揚名在地圖上。」我很訝異倪爾斯竟會說這麼口語的英文，接著他拉出一張地圖。地圖上有上百個小小的橘色K字，佈滿挪威本島，每一個小小的K旁邊都有一條線連接一個指甲大小的圖案：大型雕像、霓虹展示、幾何圓頂。倪爾斯的手指沿著國家的輪廓往上，跨過韋斯特峽灣，移到阿米巴變形蟲的圖案，是羅弗敦群島。「政府希望北方這裡多一點藝術。」他說：「他們出錢，開放民衆參觀，民衆眞的會來看。」倪爾斯面對著穀倉牆壁轉過身去。

「以這些牆壁爲例。」倪爾斯說。「第四面牆要盡快畫上去，官員來的時候才會乾。妳有時間，很安靜，可以專心。」他說：「妳自己在這裡，我會去畫外面。」我什麼也沒說，倪爾斯說了一句話安慰我：「有音樂。」然後指著角落一台迷你、裝電池的音響，之前我並沒有發現。「舒伯特。」倪爾斯說。他蹲下來，把音量開大，播放中的音樂聲音揚起。他說：「鱒魚。」

我聆聽著，眨眼的時候，黃色的牆壁震動了一下。

「走吧！」說明完後，倪爾斯又說：「館長想見見紐約客。」

我們往一陣黑煙的方向走過去，進入博物館的鑄鐵鋪。鐵匠歡迎我，建議我可以自己打一根釘子。館長正在來的路上。我站在一座獨立的鐵鉆前面，鐵匠把一小塊鐵塊放在我面前，我只敲打一次，而且是微弱的一下。鐵塊很燙，我共敲了四次，鐵匠把鐵塊塞回煤堆裡。倪爾斯說有事要離開，然後就消失了。

「我是席格比藍。」鐵匠說。他伸出空著的手和我握手。

「法蘭西絲。」我說。

他點點頭。席格比藍的體格像足球員。他不胖，身高中等，但他的身形看得出敏捷和力量。稀疏的頭髮已經開始從額頭向後退，他好幾天沒刮鬍子了。

一連串的動作後，席格比藍把鉗子從煤堆裡移開，釘子的主軸在我毫無作用的四下敲打後變成方形，尖銳處一點也不尖，頭也不平。他把釘子放進一桶水中，等到顏色從橘色變回黑色，便把釘子放在我的手掌上。

「妳知道太陽的事嗎？」席格比藍說，又把新的鐵片放進煤堆裡。我說我不知道。

「太陽從不下山。」他說，微笑著。我盯著手裡的鐵條，這麼多月以來，我見過最黑的東西。這時館長進來，要我叫他豪爾德。他沒什麼頭髮，蓄著紅色鬍子，穿著一件紅色毛料長上衣。一條皮帶從他顯著的肚腩橫越過去，海軍藍的方形皮革包掛在他的臀部左側。他直接經過我身邊，走向鐵匠正攪動的火堆，手從臀部伸向冒煙的煤堆。他站了好一會兒暖手。倪爾斯又出現了。

「紐約。」豪爾德對倪爾斯說。

席格比藍捲起袖子直到肩膀，露出形狀怪異的前臂。

「我們不知道她為什麼想來這裡。」席格比藍說：「來博多！」

「妳打獵了嗎？妳登船了嗎？」豪爾德問。

席格比藍說：「她打鐵了。」

「船兩點開。」豪爾德說，隨即從皮革包裡拉出一只腕錶。「時間剛好！」他說著，把錶放回去。

「帶她去搭船。她不能只是畫畫，像你一樣。」席格比藍對倪爾斯說。

我看著倪爾斯思考這個問題——先是尷尬，接著疑惑。他把廚房抹布從一邊的口袋塞到另一邊，拉著其中一角。

「她來這裡就是爲了不停地畫畫。」倪爾斯說。

「她住在療養院？」豪爾德說。

「哪裡？」我問。

「Ja，」倪爾斯說。「我們還沒回家，她剛從博多過來。」

「直接來工作。」豪爾德說：「倪爾斯，帶她回家歇歇，紳士一點。」

席格比藍把煤灰擦在顏色斑駁的皮革圍裙上。他的舉動使得豪爾德衣服上的牙齒圖案搖晃。倪爾斯，鑄鐵鋪裡唯一的現代人，被爐火的煙燻得咳嗽。

「妳會待多久？」席格比藍問我。「如果她留下的話。」他對倪爾斯說。

「直到婚禮。我妹妹要結婚了。」我對鋪裡的每個人說。

「很好！」豪爾德說。

「在加州。」我加了一句，並把我的頭往左邊轉，彷彿那裡是西方。

席格比藍從煤堆裡拉出一塊橘色、發亮的鐵塊。他開始毫不留情地敲打。

持續的敲打聲中，豪爾德說：「KORO 來審查之前，我希望妳在。」他看著倪爾斯，補充一句：「政府官員很難取悅。」

「倪爾斯確實需要幫忙。」席格比藍說。他踢開一個小門，把一桶又一桶的灰、殘渣、水、碎鐵倒在後面的草地。風將隱約的黑色蒸汽吹散，散佈在草地上。

此時，倪爾斯急忙離開鑄鐵鋪，我跟隨在後，館長和鐵匠留在裡面，馬上轉換成他們的語言。倪爾斯飛快地走，我從前方幾艘船的輪廓判斷那是往碼頭的方向。我們遠離鑄鐵鋪周圍稀疏的樹木，鑄鐵鋪外頭的煙因爲樹木多了幾分樹皮味。雲朵在我們前往的港口上方聚集，空氣聞起來就像營地，營火。

「你爲什麼要跑？」我對著前方大叫。

「時間不對。」倪爾斯頭也不回地說。

「我以爲館長說時間剛好！」我說。

「妳看到船了嗎？」倪爾斯說，伸出食指，揮舞。

我追上他，最後一段路與他並肩齊跑。倪爾斯的腿不長，和我一樣，我們挽起手臂，把路上的土踢向路邊的花——這些不是家裡的蘭花，我母親從沒告訴我蘭花的名字——以及垂掛深色莓果的矮木。我們開始流汗。等到必須停下來，必須喘口氣，必須擦拭額頭的時候，我們停了下來。路到了盡頭。

水中有一艘六公尺長的海盜船，剛才從鑄鐵鋪看到的碼頭裡，工人把船的繩索綁在岸上。他們也在流汗。經過鑄鐵鋪的雲不見了，露出高高的太陽。

「妳要不停地畫畫。」倪爾斯說，他的語調同時帶著命令與懇求。「今天，」他說：「好吧，搭船。結束之後我會來接妳。所以，晚上回家。」他說我們每天都要工作很久，我們明天正式開始。今晚，他建議我先畫療養院附近遊蕩的公牛，當作消遣，或是練習。然後吃晚餐。他說他的冷凍庫裡有魚。我沒告訴他我不吃魚。我發現在這個國家，那等同於褻瀆上帝，雖然我也不知道哪裡可以找到其他食物。

海盜船的船員對我們揮舞著金色的手臂。船身又長又細，像蔬菜，像荷蘭豆的形狀和蕪菁的顏色。倪爾斯帶我走下山坡到船塢，和甲板上的船員講了幾句話。幾十個乘客已經就坐，工作人員也已經鬆開繩子。我爬上船，倪爾斯往山丘回去。

一個手臂結實的女孩說，「歡迎。」她穿著袋口朝下的麻布袋，袋子剪了幾個洞，伸出她的頭、手，還有一條繩子繫在腰間。她對大家說：「Velkommen」（歡迎）。

五十個陌生人和我搭著第九世紀的船出海。陌生人多半是小家庭——父母帶著一個孩子，或一個父親帶著兩個小孩。小家庭聚集在一起，坐在甲板中央。有幾個單獨的乘客坐在船的邊緣，他們可以從那裡望著海。隨著我們划槳，船長女孩不斷大喊：「Haroo!」（哈嚕，你好）。

我們划槳的這段期間，角色互換了。我看到年幼的孩子瞇著雙眼，變得成熟、專注。父親們穿著短褲，變成小男孩，抬頭看著船長女孩，接著低頭看著自己的腿。在船邊落單的成人，划槳時腦袋空白，在同一片大海上迷失在各自的夢中。我不太會划，連槳的角度都沒擺對，而且分心想著我自己的夢：

我妹妹，穿著維京人的麻布袋站在桅杆上。我驚慌地看著海水。海水的顏色瞬息萬變、陰暗。我們乘著這麼老舊的船，在遙遠的海上。莎拉一個這麼年輕的女孩，在遙遠的海上。我必須相信她準備好了，因爲她看著我的臉，如此告訴我。我看著船中央男孩女孩的臉，我們就要去更遙遠的地方，越來越接近格陵蘭島，但是沒有人有所準備。船長每隔一分鐘就大喊「Haroo!」，不曾間斷。

我看著船長的金髮，知道我黑髮的妹妹此刻正和他的未婚夫一起躺在我們童年的上下鋪。他們的消息宣佈後，史考特第一次拜訪我父母，在我們的老公寓度過週末。老公寓正緩慢的解體——我母親把她的東西從牆上拿下來，我父親反覆摺著他那兩條褲子。

海水逐漸清澈、變淺。船長大喊「Haroo!」，想不到是最後一次。我們繞著圈划行，我看見倪爾斯站在船塢旁。把龍頭綁在船塢上的柱子要費上幾分鐘。我向船長道謝，稱讚了她的麻布袋，從水邊跑上山丘。

「一天的時間不夠搭船。」我接近倪爾斯的時候，他這麼說。我們走向停車場。我抬頭看著不可思議、永不沉沒的太陽。天光的時間則永遠數不完。

⁂

到藝術家聚落的車程是十五分鐘，快到的時候，倪爾斯坦承藝術家聚落從前是精神療養院，但他向我保證，他已經把外牆重新粉刷成藍色了。我們抵達的時候，我發現他不只粉刷成藍色，還是七個層次的藍，波浪的形狀。我們抵達的城鎮萊克內斯（Leknes），在維京博物館西南方十三公里。從島上唯一的公路——十號公路，開過來要半個小時。療養院有三層樓高，但只有我們一輛車停在停車場。

「有幾個藝術家住在這裡？」我問。

「妳和我。」

倪爾斯埋頭在後車廂的時候，我坐在乘客座上，看著停車場的草叢被風吹彎，試著冷靜下來。草叢的花和馬路兩邊搖曳生姿的花是一樣的花，花瓣綻放出我從未見過的雪白光芒。倪爾斯走到副駕駛座，敲敲我的窗戶。如果有什麼比成為藝術家聚落唯一的藝術家更慘的事，我想就是成為在此唯二的藝術家吧。儘管如此，我下車，跟著倪爾斯走進療養院。大門沒上鎖，他直接走到一樓走廊，我帶著行李跟著他，經過很大的廁所，在左邊第二道門停下。

那是他為我選的房間。我不知道他的房間是哪一間、哪一層樓。倪爾斯伸手接過我的行李，跨過門檻。我知道那一刻，我和某個東西分不開了，我在挪威海中央非熱帶的島嶼上擱淺卻幸福洋溢。鈴聲響起，原來是窗外的綿羊脖子上的鈴鐺。四隻羊跑進了停車場。

我走向窗沿，而倪爾斯退後，留下我在新家裡。我盯著動物，眼前唯一的他種生物，很容易就把牠們想像成我的家人。我，戴著鈴鐺最嬌小的那一隻；我妹妹，四肢纖長，靠近馬路的母羊；我父親，毛髮鬈翹沒剃的那隻；我母親，清瘦，雙眼明亮的家長。很高興又看到我們全家。很高興我們變身成羊，適應新的環境，越走越穩健。

我從窗外這片奇異和幻想中轉身。把倪爾斯給我的白色床單和條紋毛毯鋪好。走道上的廁所沒有衛生紙，我又想到倪爾斯。我可以想像他從不上大號。我不知道他去哪裡了。我盡可能輕聲地走路，偷看二樓的廚房，但他不在那裡。我站在大廳中央，盯著走廊兩邊的盡頭；綿長，充滿感覺很糟的小門。光是看著這層樓就會瘋了，如果那個人還沒發瘋的話。

「倪爾斯！」我大叫。

從停車場，經過走廊，傳來一陣低沉的聲音：「Ja?」回答的可能是人，也可能是動物。療養院的燈一盞也沒開，大廳還是暗的，還有數不清的門。敞開的大門飄進羊糞味，我循著味道跑過去。倪爾斯站在停車場中央，後車廂打開，綿羊害羞地躲在停車場的角落。我走向倪爾斯，綿羊退得更遠，跑到後面的草原了。

「你要去哪裡？」我問。

「鎮上。」他說。「妳要去哪裡？」

「鎮上。」我說。這裡竟然有個小鎮，我超興奮。

我們的車開下山丘，市區立刻映入眼簾——市區不遠，也不大。我從來沒有住過小鎮。回想起來，我從來沒有開車去過雜貨店。在紐約，我們買東西的葛利史蒂雜貨店就在公寓的一樓。我房間的逃生出口就在店大門往上六層樓，有時候我還光腳走下去。我仔細一想，不知道在這裡需要買什麼。牛奶、幾包義大利麵我就能吃很久，如果倪爾斯短時間不會再開車過去的話。

療養院到鎮上的半路中，倪爾斯靠邊停車，車子熄火。「藍色！」倪爾斯大呼，手指著路旁遍佈岩石的湖，又指向天空。「藍色和橘色，是互補色。」倪爾斯急促地說。「如果妳看著某個橘色的東西，橘色的紙，看上十五秒，然後再看著一張白紙，眼睛會看到藍色。黃色和紫色也是。我用黃色和紅色，眼睛就會想要紫色，所以很生動。」

「很生動。」我同意。倪爾斯重新發動車，看起來鬆了一口氣。

我們才開車兩分鐘，就抵達利瑪一千的停車場。我們停在出口，後方加入許多採買的客人。我還沒弄清楚萊克內斯的人口數，但看起來整個鎮的人都在這家超市裡。六個收銀台後面都是長長的人龍。其實也不需大驚小怪，畢竟我們都需要牛奶。在這北方的島嶼上，唯一的誘惑就是蛋白質、飲料、茶杯，這些能夠控制的小確幸。

我訝異地看著結實的紅椒，千里迢迢來到這裡。這是極圈水域圍繞的土地上，稀有的紅點。一個年長的女人走向前，拿了兩個放在她的籃子裡。我加快腳步。

「牛奶。」我大聲說，看看身旁。倪爾斯已經往前走向香蕉了。倪爾斯的專業不置可否，他的繪畫（我想要學），他的開車技術（我永遠學不會），還有他從不擔心（除非你生來如此）：在如此無助的時刻，我想要完全與他共生：吃他吃的東西，公平分攤我的開銷，跟著他來到這裡，跟著他回家。回到療養院的家，我想。我趕緊開始採購。

只賣紙盒包裝的牛奶，以夸脫計量，有七種顏色。一個男人在我前面，選了綠色的紙盒。我也是。（結果那是kefir，一種酸奶精緻品，和優格一樣濃。）我當時打算把kefir加進茶和穀片裡，所以也在走道找茶和穀片。我又看到大量的乳酪切塊排列在一起，每一塊都是褐色，便從中選了一大塊乳酪。然後找到倪爾斯。

他的籃子裝滿了啤酒和魚。他看著我的籃子，對著kefir點點頭，表示訝異。

我不好意思問倪爾斯廁所衛生紙的事，所以我問他義大利麵在哪裡。我們一起經過冰淇淋區，又經過各式各樣搭配麵包的茄汁鯖魚醬，經過冷凍披薩，經過一整面牆的麵包。麵包都沒切片，依照精緻程度分類。走到超市的最後面，終於找到義大利麵和醬汁。隔壁一排是家庭清潔用品，我找到用不完的衛生紙，以無法理解的柔軟程度排列。倪爾斯去排隊結帳，我跟在他後面，把我的東西放在輸送帶上，他的東西後面。

收銀員看著我，轉向倪爾斯，對他說：「P-u-s-s-y?」（音同英文的陰道）

倪爾斯說：「Ja。」

我說：「什麼？」

收銀員把倪爾斯的啤酒裝進袋子，接著掃瞄我的義大利麵。

「P-u-s-s-y?」她對我說。

我沒回應。

「袋子、袋子。」倪爾斯低聲說。「妳要不要袋子？」

我回答，「是的。」我又說：「謝謝。」

收銀員把我的東西裝袋，用了兩個袋子裝一夸脫的 kefir。

我們開車回到療養院的家。

倪爾斯和我分住不同層樓，每層樓都有一個中央廚房。倪爾斯的廚房就在我的正上方，我可以聽見他的腳步聲，在冰箱和流理台之間移動。我把採購的東西放好，根本無法塡滿巨大又空蕩的櫥櫃。

廚房的窗外，原野向後延伸直到地平線，我一直以爲是一條線，但在這裡是一道山牆。農舍點綴原野之上，家家戶戶門前都有一台卡車。我頭上的倪爾斯停下腳步，整個聚落忽然無聲。我第一次爲其巨大、爲其寂靜、爲其孤獨而感到害怕。父母想知道我抵達了沒，而我想聽聽他們的聲音。我從安靜的房間找出我的筆電，帶著筆電到廚房，放在桌子中央，看著螢幕倒映後方窗外的樹木搖晃。

我的母親也在搖晃。在她身後，沿著桌角排列的碗裡都裝著覆盆莓。我看著小小的鏡頭，告訴他們我已經平安抵達，受到熱情的歡迎。我告訴他們這裡很舒適。我沒有告訴他們我住在一棟三層樓的建築物，還有一個中年男子。

「妳人跑到那裡。」我母親說。

「而他們在這裡。」我父親說。

「我們讓他們睡在妳的房間。」我母親說：「史考特睡妳的下鋪。」我想像史考特晚上爬到上鋪，我妹妹是黑髮的長髮公主。

「那個笨蛋在這裡晃來晃去，問我那些塗鴉怎麼來的。」我父親說。

「他心地不好。」我母親說。

「我肚子都消了。」我父親讓我看看他的嘴唇變得多白。「我得忍著不嘔吐。」

「我要把冰淇淋拿出來。」她轉過身背對鏡頭，在我的螢幕上一邊聳肩，一邊走進廚房。我看見她彎下腰到冷凍櫃，看見她牛仔褲後方的口袋，接著她拿出兩杯哈根達士冰淇淋。

「我本來希望，」我父親說：「我們可以把這件事當成一個新的開始，然後振作起來。」

我以爲這就是一個新的開始。莎拉爲什麼還在和這個人約會的煩惱，會因爲莎拉終於和這個人結婚而解決。然後我的家庭，理所當然，就能振作起來。

「我無法忍受和他共處一室。」我父親說。他捏了一下鼻頭。

我母親從廚房跑回螢幕前，擦去圍裙上冰箱的霜，對著電腦大喊：「我為她飽受驚嚇！」

「為什麼她不能嫁給一個和我比較像的人？」我父親說。

憤怒使我的思緒忽然一片空白，他們再度回到螢幕前，我發現自己想著海盜船的事。那些家庭成員間彼此竟和陌生人這麼相像。每個丈夫從生下到成人，對未來的妻子而言是個陌生人。他們生下的孩子，對他們的父母來說，也是一個陌生人。遇見倪爾斯以後，我再也無法解釋什麼是陌生人。他像一個陌生人，也像我唯一的伴侶，此時此刻——而這些島嶼上的山脈，在我的感受裡，從恐龍的脊椎轉而成為我最可靠的朋友。我妹妹的未婚夫，經過了五年，對我們來說不能算是陌生人。儘管如此，我父母看來並不想要擴大我們的家庭。

「這樣說眞是荒謬。」我對父親說。

「不。」他說。他靠近視訊的鏡頭，整個螢幕都是他的頭髮。

他繼續說，莎拉已經表明立場，違背了他們養育她的價值。違背了藝術家，這個人不是藝術家；違背了猶太人，這個人顯然不是猶太人；違背了品味和紀律，從史考特第一次提到X-Box，我父親就這麼認為；違背我們家庭價值裡的優雅，舊金山的格蘭尼家欠缺這個。這件事他個人反對。

我沒答話，我父親重拾這個話題，講起他們前天共進晚餐的事。他們坐在餐桌，史考特說著他和莎拉有多興奮，接著我母親走到臥室開始哭。

「這樣不對。」我父親說。

我母親又離開螢幕了，我看到她站在冰箱旁，藍莓的盒子從她的手疊到她的臉頰。打從我有記憶，每年夏天她都會準備冰淇淋和各種莓果給我們吃。相同的白色瓷碗，再次看見這個傳統，眞是莫大的慰藉，只是我不知道他們任何一個人當時還吞不吞得下。而且廚房也在打包，每樣東西都裝進原來的盒子，分成父親和母親兩類，端看誰較常使用。

「他們很快就會從房裡出來。」她說：「吃冰淇淋。」

「我希望他們就待在裡面。」我父親大喊。

我母親要他把果汁拿到桌上。我要他們好好招待史考特，爲莎拉慶祝。我母親打翻了半盒的藍莓，掉到地上，於是蹲下去清理。我父親登出。

我看著螢幕後方的窗外。原野上，樹木仍在搖晃。我看見療養院的寵物公牛在樹木間遊蕩，對著樹幹測試牠的角。我和很多人一樣，想要和動物說話。唯一的方法是保持全然的沉默。公牛抬起頭，往荒野的方向走了幾步，接著優雅地站在一片低矮的作物旁，等待著牠的肖像畫完成。

倪爾斯在接近午夜的時候發動了車子，當時天色還非常明亮，我們從萊克內斯往西北方開。這是他在群島見過最清澈的夜晚。

我們聽著挪威電台，也是國家電台，最常播的歌是桃莉．巴頓（Dolly Parton）的〈裘琳〉（*Jolene*）。倪爾斯宣布，今晚接下來的時間，他只說挪威語。他把羅弗敦的地圖攤開在儀表板上，讓我選一個方向，我指著一個地名「艾根」，那裡靠近博多，從訪客中心再往上開，位在北方的海岸。他回答：「Det kan vi」——那裡我們可以。

沿途上，基礎字彙教學。一頭在路邊的羊：Sau。一匹馬：En hest。那匹馬：Hesten。倪爾斯的手指向自己的胸口說，Jeg，指著我說，Du。我說，Jeg，他說，Du。算是有點進展。

我們追著午夜的太陽，發現太陽在每座山脈的後方，照耀湖和峽灣，太陽在光滑的水體表面放大，也出現在倪爾斯車窗上，還有他眼鏡鏡片上。我們想離太陽更近，盡可能地靠近，目的地艾根幫了我們一把。從倪爾斯的地圖上看來，那裡朝北，我們島上海灘的頂端，位置差不多直視北極。在北極和艾根之間有一塊大陸，是北極熊棲息的地方，稱爲斯瓦巴特（Svalbard）。但艾根住的是人，儘管稀疏，地圖上標記著一個人頭的雕像。

我們坐在艾根的海灘，在雕像和二戰損壞的雷達堡壘之間，我們的眼睛正對著太陽。倪爾斯沖了兩杯即溶咖啡，歪斜地放在岩石平坦的地方。我們坐在正對北方的巨石上，在海岸終點的強光之下，我無法形容這是什麼樣的夜晚，或者我們是什麼樣的陪伴。

我想保持簡單的對話內容，以免越發複雜。我告訴倪爾斯，岩石在浪濤之間看起來像海豚跳躍，或鯨魚翻轉向上的尾巴。「Ja，但那是石頭。」倪爾斯說。他看了他的錶，又說：「Klar?」（準備好了？）

一點、兩點。羅弗敦的太陽有時也會沉入海面，將水與山上色，再度升起之前，停靠在地平線的邊際。太陽從沒離開我們的視線，或世界的視線，湖水和草原似乎和我們一起看著太陽，模仿太陽發出光芒，讓所有夜行者看見。

倪爾斯說：「Bra。」聲音裡帶著滿滿誠意，意思是「好」。

色彩在這幾個鐘頭裡狂野地展現，結合日出與日落的威力。盯著地平線好幾個鐘頭，就能追尋太陽的運行，天空轉為橙桔與紅莓的顏色，直到三點，又變成一片藍色。而我也覺得想睡了。倪爾斯從岩石上起身，說我們四小時之後開始黃色小屋的工作。他說他自己kjempetrøtt：「超級累」，又教我kjempe：在挪威文中表示「巨大」的前綴詞。現在最好去睡了，他說，如果我們睡得著的話。

挪威電台填補了回程的路途，旅行者樂團、阿哈合唱團、桃莉·巴頓、還有一個哥德風重金屬樂團，名為汝愛之罪。

烏他克來夫海灘後方的山脈散發金色的光，看起來像聖經裡的地方。山麓斑駁禿頂。高聳的植物為路的兩側裝飾粉刷。曠野長出白色和黃色的草。瀑布筆直從山脈沖下，如同血脈，空氣中細微的雨絲在晴空下隱約折射彩虹。我們行經瞬間變化的色彩，像一幅立體的全像攝影。

今天是很長的一天，而且是我們的休假日。我想像穀倉大片的木頭表面需要拋光、上底漆、彩繪。我不知道倪爾斯會成爲我的朋友，還是我的叔叔，或者他有沒有妻子。一切社會規範缺席的情況下，我們的年紀還會不會將我們分開。我們共享的空間如此巨大，而我們是如此渺小，無法塡滿我們的房間。我脫掉自登上海達路德號就穿著的衣服，經過二十四小時，也經過許多峽灣。我站在窗邊，沒有人看得見我——連綿羊都不在了。

夜晚，儘管和白天完全無法區別，也是另一種黑暗，我記得，在世界的其他地方，男人會失去理智。也許我害怕的只是走廊。對於倪爾斯，我沒什麼好怕的。如果他想要做什麼，他在廚房、車子或我們停車的北方海灘，他都可以輕易得逞。他沒有做出那種事。倪爾斯喜歡陽光的溫熱。我窗外的停車場在長久的日光中依然明亮。我拉上窗簾，鎖上門，愚蠢的舉動，想提防空蕩蕩的療養院，或者我唯一的同伴，或者任何在不尋常明亮中甦醒的事物。

白日整整持續了三個星期。太陽就在我們頂上，沒有其他地方可以去。倪爾斯和我上午在穀倉，晚上在車裡。我們不定時地睡——只要拉上療養院的窗簾，夜晚的時間就由我們自行選擇。穀倉的顏色愈來愈豐富與狂野，是時光飛逝唯一的痕跡。隨著倪爾斯轉移陣地到外牆，把褐色的木頭換上他的招牌金盞花色，山頂升起一個看似方形的太陽。從道路的尾端望去，是一個小小、明亮的盒子。太陽向前接近，又變得怪異巨大，本身的檸檬黃，照映在萊姆綠的青草上。倪爾斯考慮把窗戶和門的邊緣繪上白色，注入柔和的感受，像鮮奶油一樣。他希望KORO的官員都是性情溫和的人。

豪爾德和席格比藍調侃我們不遺餘力。博物館關門後，席格比藍渾身煤煙和鐵屑，從鑄鐵鋪走出來，他看我們沾滿黃色的顏料，說我們是奶油條。豪爾德老愛提醒我，曼哈頓可沒有穀倉。他問我會不會想家，而我告訴他我父母要搬出去了。他問我會不會孤單，於是介紹芙莉達讓我認識，她是博物館冰島籍的助理廚師，還有科特，博物館德國籍的廚師。科特的女朋友阿格妮絲今年夏天和他一起來到這裡，也受雇為餐廳的服務生。豪爾德沒有把我介紹給阿格妮絲，因為他害怕阿格妮絲。

阿格妮絲有著十四歲女孩的身體，三十五歲女人的臉，還有如飢餓浣熊般的野性：如果我午休或晚上和她一起坐在貨車上，她會大叫要我解開安全帶。要安全帶做什麼？我害怕嗎？她的身高不到一百五十公分，是維京博物館裡唯一能夠安撫暴怒的冰島小馬的人。有時候我可以看見她開著灰色的福斯小車往返博物館和馬廄之間，車窗搖下，叫吼著死亡金屬樂，其中一只珍珠耳環甩在她的脖子上。

每天早上科特會為工作人員和訪客準備早餐。之後，他會準備一份特餐，用博物館唯一的粉紅色盤子——是梅特·瑪麗特王太子妃五年前造訪博物館時的贈禮——送到阿格妮絲面前。他為她而活，而我支持他。如果阿格妮絲在他身旁，他會幫她抽出毛衣上的馬毛。如果她工作完畢，他便會在香腸上，用細細的芥末寫下給她的留言。他會把香腸送到她面前，一手一盤——左邊是LIEBE（愛），右邊是DICH（你），兩人共享午餐。

倪爾斯和我越睡越少，並開始彩繪不容易碰到的地方。我爬上長長的梯子，把屋頂的橫樑繪成黃色，倪爾斯耳朵貼著泥地，把穀倉的基底繪成黃色。

世界恆常地明亮，我注視著。長時間彩繪黃色小屋，我眼見的風景都成了色塊。午夜的日光映照粉紅色的彩霞，峽灣的海水沖上白色的沙灘，而白沙又讓海水轉為百慕達草般的綠。房子總是紅色的，在平地上或聚集、或形成村莊。山巒矗立在村莊後方，雄壯威武，守護家園。每棟房屋都是一座燈塔，劃分不同地區，避免摩擦，同時給人安心感受。倪爾斯告訴我：「這裡沒有危險的動物，bare flott。」意味「只有好的」，或者「只有虱子」。

天空通常分為兩種截然不同的樣貌：山巒頂上一片蔚藍，山峰劃開群聚的白雲；或者當雲朵簇擁，覆蓋峽灣，天空便鋪滿海浪的白。夜晚，藝術家聚落的窗外，無聲的機器割下稻草和作物，而到了早上，便會出現一捆一捆巨大的白色塑膠包，一開始我不知道那是什麼，等我知道了，又好奇是什麼時候收割完成。

即使是夏至，最高的山峰上仍可見積雪，山脊彷彿有字，上頭是書法。山巒的終點，像一筆草書揮灑在無暇的天空，在四千公尺高處，所有的人都看得見。終身住在羅弗敦的人必能翻譯這些手稿，我想像，在重要的時刻，傳達訊息給他們。

某個雀躍的夜晚，倪爾斯和我買了票，去萊克內斯的電影院看哈利波特，他完全不知道什麼是哈利波特，我大致解釋了一下，但他不懂「魔法師」這個字，於是去查字典，發現是北歐神話的一種「山怪」，他感到很開心。

道路兩旁滿是死掉的魚，尾巴掛在木架上。倪爾斯說這些是要出口的鱈魚干——一度是羅弗敦最重要的產業。他說，今年漁夫捕獲的時間有點晚了。隨著時間過去，魚的數量逐漸減少，最後剩下空的木架。倪爾斯很高興，等官員來審查的時候，不會有魚頭晃來晃去。他說，天空底下少了那些尖銳的牙齒，穀倉在視覺上也較少競爭對手。

光線不直射藝術家聚落。太陽升起或落下到樹的高度，暫時棲息在樹枝之間時，會令人誤以爲是鳥巢著火了。

我在窗邊公牛經常出沒的地方架好畫架。對於盯著木牆紋路好幾天的我，夜晚從遠處寫生動物非常抒壓。下雨的時候，天空的顏色反射在公牛的角上，牛角變成烏雲色，猛獸頓時也老了。

倪爾斯漆完穀倉的外牆了。我們山丘上的太陽昂然挺立，難以忽視。接著我們開始處理表面的細部——繪上極細的淡粉紅色，雖然幾乎看不見，卻使原本的單色透出流動的微光。

每天工作結束後，倪爾斯便想來杯啤酒。這個國家的酒精販售全由政府控管，他每次都從斯塔姆松國營的銷售中心買一大箱。在樓上的廚房，他遞給我滿滿的一杯，我也和他分享褐色的乳酪。我們讀著羅弗敦郵報，是一份薄薄的地方報紙，每天都有當天生日的小孩的相片。他會拿出筆，盡可能找出簡單的文章，把文法句型圈起來讓我看。

藍波，貓，拯救其他貓，在一個農場靠近坦斯達

一隻貓／該隻貓／這隻貓／那隻貓

En kattunge ／ kattunge ／ denne kattungen ／ den kattungen

我因此學了很多挪威文。當天色稍微暗下，我們便上車，追逐午夜太陽。北極狐狸夜晚時來到馬路，小小的傢伙在施工機械旁列隊。我們停下來看路邊的鏟斗機，鏟斗張開停在地面上。我爬進鏟斗，蜷起身體坐在角落，而倪爾斯拿筆記下機器上的工業黃。

我第四面內牆的工作持續進行，直到與倪爾斯原來的三面牆融為一體。我們差不多準備好審查，而且那些人不到一個星期就會抵達。豪爾德和席格比藍變得很緊張，也變得更客氣。KORO 認可的藝術裝置將會為博物館帶來更多觀光人潮，而且他們知道這對倪爾斯的意義——至少他們可以想像「否決」對倪爾斯的意義。

政府官員星期天來訪。當週的星期四，我和倪爾斯從萊克內斯開車到穀倉。昨天一整晚颳著暴風雨——聚落外的蕪菁田都淹水了，公牛也不知去向。此刻，太陽又出現，照耀清洗過的空氣和行經的車子，閃閃發亮。我們不得不瞇起眼睛。我從沒看過這麼強烈的日光。倪爾斯擔心極了，深怕外牆損壞。我目眩神迷，看著路旁灌木叢裡的藍色風鈴草呼嘯而過。忽然間，一條黑線把純淨的世界一分為二。

一個男孩沿著路邊往上走。他背對著我們，從脖子到腳都穿著黑色的衣服。在這個金髮的國度裡，他的頭髮是我見過最黑的。他走得很慢，所以一下子就消失在我們的車後。我搖下車窗探頭往後看。他低著頭，鬈髮遮住他的臉，看起來不到十八歲。

我大叫：「要載你一程嗎？」

他抬頭，但我聽不到他是否開口說話。

倪爾斯悶哼了一聲，要我坐好，從他那頭的遙控把我的窗戶關上。我們沒時間載別人，他說。穀倉映入眼簾，我們馬上就看見發生什麼事：最外層的顏料，暴風雨降下前還沒完全乾，而現在顏料變成木頭表面上一層模糊的水珠，彷彿在威脅，隨時會失控地滴下來。

我們花了一整天，拿著紙抹布貼著穀倉的牆。倪爾斯建議我們一次用一張紙抹布，拍在牆上，像打蟲子一樣，直到浸透了再拿開。目的是吸收多餘的水分，但不破壞濕潤的顏料。席格比藍也來幫忙。豪爾德的手很大，但倪爾斯擔心他們會弄巧成拙。到了晚上，我們把水珠都吸乾，但一大片顏色都脫落了。重新上色的話，星期天也不會乾。現在整個穀倉看起來像幾十年的老屋，嚴重褪色。倪爾斯走進鑄鐵鋪，在煤堆旁烘乾手，同時思考。我坐在穀倉裡，聽著他的舒伯特。他回來後，我們開始在細部繪上薄薄的顏料，邊畫邊吹氣。如此過了十個小時，也只補了一小塊面積。

深夜離開博物館的時候，我看見訪客中心背後的窗戶透進一道光。我看見一個人影在屋裡疾行，太高了，不可能是阿格妮絲；太瘦了，不可能是豪爾德。六月結束了，我也感受到變化即將發生——KORO的官員在路上，也許那就是其中一個官員。

❖

到了早上，我很餓，太陽又回到頭頂上。倪爾斯從我的門縫塞了張字條，說他要修補一些細部，想要獨自進行，要我去吃鬆餅。我很早就聽說過這家鬆餅店了，就在藝術家聚落的山丘更高的地方，利瑪一千的收銀員常常告訴我。我穿上洋裝，走路過去。

在眼前無一物的山路爬了一公里半的坡路後，我開始懷疑眞有家鬆餅店嗎。儘管已經絕望，覺得被鬆餅的故事愚弄了，我還是繼續走。終於看到我的燈塔，就是一塊破爛的路邊招牌，寫著「鬆餅」，還有營業時間。於是我轉進那間巨大的房子。

循著裡頭的指示，我進去一間滿是桌子的房間。這是我見過最大的餐廳了。用餐區是遼闊的正方形，每一邊都有窗戶，窗外便是隨處可見的山巒、峽灣以及柳蘭構成的風景畫。那裡沒有人，一個也沒有。我走到櫃臺，看著菜單的看板，等了一會兒，終於有個女人出現。她打開用餐區的燈。我點了鬆餅搭配藍莓、香蕉和巧克力醬。她收了我的克朗，並說：「下一位」。

有個身穿黑衣的男孩站在我背後。他走向櫃臺，點了一份鬆餅。那個女人問他要不要任何配料。停頓良久後，他說不用。

我盯著他，想要仔細看看在車上時沒看見的地方。我不敢相信我還有第二次機會：他在這裡，沒有迷路，我們之間沒有搖下的車窗。他付錢的時候，我看著他的眼鏡掛在鼻子的樣子（黑色，和他的衣服一樣），有部分夾著他茂盛的頭髮。收銀機的抽屜「碰」一聲關上。他轉過身，我看著他走到遠遠的窗邊。他站直，身高很高，一隻手放在椅背上，他似乎塡滿了整個餐廳。

他看著窗外的峽灣，那個樣子讓我想起自己——外國人會表現出來的驚嘆。他對收銀員說「不用」，甚至洩漏出某種腔調，也洩漏了我根本的孤獨，但我竟然接受，而且感到愉悅，朝他的孤獨靠近。

女服務生消失在廚房裡。

我沒有走近，於是發現自己又一次從遠處大喊：

「你是本地人嗎？」

他繼續看著窗外。

有鑑於當場只有我和他兩人，我不可能對著別人說話，但我朝他的方向走了一步，再試一次。

「Er du Norsk?（你是挪威人嗎？）」我說。

他終於轉向我，露出極度疲憊與不悅的表情，吐出兩個字：「什麼？」然後坐下來，背對著我。不，他不是挪威人。

我的鬆餅送來了。我從女服務生手上接過，找了叉子和一個位置坐下來——離他最遠的位置，背對他坐著。我看見女服務生端出他的鬆餅，於是我低下頭，避免看著他。我拿叉子戳著鬆餅。鬆餅很薄、很香、有彈性，像是巧克力醬底下的床單。我聽見那個男孩開始吃，我也開始吃。每一口都很香甜、順口。我們在偌大的餐廳裡咬著鬆餅，彼此之間只發出一點聲音，直到我們吃完了，又陷入深沉的寂靜。也許那個男孩不希望被發現自己是外地人。我覺得我可以給予同情來改善情況。女服務生在我們身旁穿梭，先收走我的盤子，再收走他的。我反覆練習一句話：「我也不是這裡的人，眞高興在鎭上看到另一個外地人。」

我站起來走向他的桌子，他已經走了。

⁂

無妨。找到巴士站要花很多時間，等巴士來也要花很多時間，我走進黃色小屋時，倪爾斯神情茫然。我發現他坐在穀倉地上，懷裡緊抱著音響。豪爾德站在他前面。我懷疑出了什麼大事——豪爾德從沒進來黃色小屋。

「妳來了。」豪爾德對我說。「我想麻煩你們兩位一會兒。」倪爾斯打開CD盒，一根手指放在他的舒伯特CD上，接著又用一根手指闔上蓋子，如此重複。

「我需要幫忙。」豪爾德說。

「兩天後審查。」倪爾斯在地板上說：「幫不上忙。」

「兩天後審查，好，但葬禮是明天。」豪爾德說。他成功讓倪爾斯站了起來。

「誰死了？」倪爾斯說。如此直接無情，如此倪爾斯，我幾乎要笑出來。

「我不認識那個人。我也不知道要怎麼埋葬他。但博物館已經答應這麼做了。只需要幾個鐘頭，我需要請你們兩個和我一起去艾根，星期六，午夜的時候。我已經答應舉辦一場莊重的典禮。」

「艾根？」我說，我想像鮮豔的顏色和全像攝影的畫面。

「根據家屬的意思，」豪爾德說：「那個人要求要葬在世界的頂端。」

「艾根又不是世界的頂端。」倪爾斯說：「還有斯瓦巴特。」

「又不能在斯瓦巴特的冰層底下挖洞。這樣已經最接近他們的要求了，他們也知道。」豪爾德說。

兩個男人轉以挪威語交談，爭論比較有效率。我聽出幾個字：「不」、「睡覺」，還有「荒謬」。

豪爾德指向我，大喊：「那就是她！」結束越演越烈的對話，然後離開穀倉。門打開的瞬間，我看到那個男孩，在博物館的射擊標靶之間走來走去。我跟著豪爾德走出穀倉。

那個男孩漫無目的地在博物館走來走去。他走到旁邊的一間屋子，我看見他打開一扇我從沒打開過的門。他的外表再也不吸引我。對於一個如此莫管他人閒事的人，我心想，他在這個地方也沒什麼事。我過去，在門關上前，拉住他打開的門。

裡面滿是斧頭。中間有個洞，鑲上金邊的斧頭；刀鋒平滑的斧頭；生鏽的、刀刃缺角的斧頭。有一把用紅寶石裝飾的斧頭，放在血色的緞布上。他站在皇家斧頭展示櫃的影子下，倚靠著基座。

「你迷路了嗎？」我說：「你父母在這裡嗎？」

我後來才知道我問了最糟糕的問題。當時，他只是看著我說：「不在。」然後對我抬起下巴。

「你在這裡做什麼？」我說。

「妳又在這裡做什麼？」他說。

「我在彩繪穀倉。」我冷冷地說。「是一個藝術計畫。」我說。

然後，他魯莽地離開斧頭屋，就像他進來時一樣。他抬頭看著山丘上的穀倉。倪爾斯繼續外牆的工作，拿著筆刷高舉過頭，在高牆面前他顯得矮小。

「人們浪費生命的方式還眞多種。」那個男孩說。

我還沒想到同樣刻薄的話來回他的時候，豪爾德出現了，大呼：「看來你們兩人已經碰過面了。」

現在那個男孩正眼看著我，他看起來很緊張。「你跟她說了什麼？」那個男孩開口，語氣瞬間變得孩子氣。

「我們需要她來協助葬禮。」豪爾德說。

我盯著男孩黑色的襯衫，瞭解這是怎麼一回事。我準備要重新來過，盡可能說些安慰他的話，此時男孩說：「我不需要協助。」

他抬頭看我，像在路上看我那樣——眼神空洞。我看得出來他是認眞的。

羅伯．梅森的詛咒又在我耳邊響起：我不曾，我無法，幫助任何人。

「如果他不需要幫忙，」我對豪爾德說：「黃色小屋需要，我寧願——」

「讓我和他談一談。」豪爾德說，把男孩拉走。他們經過穀倉，走到訪客中心。倪爾斯停止畫畫，把筆刷丟到草地，點一根菸。他走向停車場，坐在他的車裡。他沒看見我站在斧頭屋旁，也沒有找我。我轉身走向峽灣。

⁂

正當漲潮，海水是清澈的土耳其藍。這裡位於博物館上方一些的位置，我經過一個穿著內衣游泳的女人。我們害羞地向對方點頭，我繼續走。我走到一個沒人看見的地方，脫掉衣服，赤裸在峽灣中游泳。經過數日數夜的陽光曝曬，水很溫暖。

我可以看見海底。我找到一個美麗、巨大的貝殼，但裡頭有生物，所以我沒有拿。有兩片大貝殼打開，裡頭沒有貽貝。我把它們從沙裡撿起來。貝殼裡頭是藍色，兩片相連的地方由藍轉白。

我在岩石上找到內衣和襪子，蜘蛛把網織到上頭。我扭乾頭髮上的水，想找出蜘蛛。蜘蛛已經移動到旁邊的啤酒瓶了。稍早來洗澡的人留了些垃圾在沙灘上，但開心的是，他們丟棄了一本平裝英文書。我找到一個凹形的岩石，爬進凹洞讀書。

《潘》（*Pan*）的封底暗示了艾娃達會遭遇悲慘的結局。我翻到最後一頁，想知道在北方，人們是如何埋葬。我無法想像艾根能進行我所認知的葬禮——長方形的墓地，和其他墓地比鄰，最糟糕的天氣是下雨，圍繞在棺木旁的人穿著正式服裝和鞋子，手撐黑傘。在艾根，海灘上的岩石比任何棺木都大，還有粉碎亡者的可能。猛烈的風足以把送葬者的眼淚吹出臉頰。還有，岸邊沒有給亡者的位置。所有的東西，若不是岩石，就會被海水帶走。

我深深記得的喪禮只有一場。我外祖母在贖罪日那天過世了，一年當中最神聖的一天，二〇〇一年九月，我們將她安葬在猶太人的墓園。而且，當時從高中的教室外看見雙子塔起火燃燒，我不是很確定世界還會繼續存在，我很害怕，非常想念她。

在《潘》裡，漢姆生筆下的艾娃達在白色的船上，被帶到她的喪禮。[4]

我白皙的身體躺在岩石上。我小心不把成雙的藍色貝殼壓壞。有時候海浪打在岩石上的聲音像是腳步聲，於是我會起身轉頭看看誰來了。從來沒有人來。

4 譯注：Knut Hamsun，克努特・漢姆生，一八五九—一九五二，挪威作家。

世界的頂端

往俄羅斯的飛機飛了十個小時。瓦西里和雅夏在多莫傑多沃（Domodedovo）降落後，丹尼歐在臨停區 A 等他們。雅夏十年沒見到自己的伯父了，很高興他沒怎麼變老，只是腰圍寬了些，像樹生長一樣。

丹尼歐載著他們行經維德諾耶、沙利次拿、丹尼歐夫斯基（和他同名），以及坦岡斯基的郊區，最後進入莫斯科市中心。位於阿爾巴特街，格瑞葛利歐夫烘焙坊的創始店，至今仍維持往昔的營運。

烘焙坊的收銀員端出溫熱的俄羅斯鬆餅歡迎他們。瓦西里長途飛行後疲累極了，他吃了鬆餅，走到街角丹尼歐的家小憩。晚上，幾個男人玩牌，教雅夏如何一口乾了伏特加。瓦西里婉拒喝酒，告訴丹尼歐他們過不久要在他身上植入心臟去顫器的事。雅夏告訴丹尼歐，爸爸很快就會變得更強壯。丹尼歐說手術早該進行了。瓦西里連續贏了三輪後，他們清理桌子，然後熟睡了。

第二天早上，瓦西里覺得該是集中精神的時候了。雅夏在廚房，用奶油麵包治療前所未有的宿醉。這時瓦西里把丹尼歐找到樓上，跟他談談「那個女人」。他們坐在丹尼歐小小的會計室，那裡曾經是瓦西里和奧里雅娜的房間。

瓦西里問他哥哥有沒有奧里雅娜的消息。丹尼歐一直很害怕這段對話，但他把這個問題當成瓦西里已經做好準備。在一陣心虛的自言自語中，丹尼歐再也忍不住，於是說出那件事實：奧里雅娜在紐約，和一個音樂家住在一起。這些是她寄來的文件。他把一疊文件遞給瓦西里。瓦西里盯著第一頁離婚協議書良久後，才開始往下看。

丹尼歐說他有事得回去烘焙坊。瓦西里在房子裡踱步。他們的房間，原本衣櫥裡屬於她的東西都不見了，只剩一個黑色的珠寶盒，裡頭有幾條手鍊，還有她的結婚戒指。瓦西里回到會計室，坐下，在密密麻麻的文件上簽了名。過去的已經過去了。他覺得簽名也沒什麼大不了，失去和放手並沒有太大差別。

瓦西里和雅夏當天下午出去散步，雖然瓦西里想告訴雅夏他母親的下落，但發覺自己開不了口。雖是仲夏，但氣候溫和，他們一起散步，沒有說太多話，只是共享他們最熟悉的寧靜。他們回到丹尼歐的房子，瓦西里爬上樓梯，進去廚房後，心臟衰竭。雅夏大聲求救，丹尼歐衝進來，只見瓦西里倒下，再也沒有起來。

經歷了救護車，經歷了醫院，經歷了漫長的車程與無眠的夜晚，經歷了破曉，經歷了難以下嚥的早餐，瓦西里的身體拒絕再受苦，抽搐持續，雅夏想起他父親的囑咐。在烘焙坊的收據背後，他寫著：

歐莫的路線

拉布蘭

世界的頂端

真正的寧靜

雅夏把這張清單給他伯父，丹尼歐立刻就懂了瓦西里的幻想，腦海中浮現他們兒時的景象，他們過世已久的打獵老師。丹尼歐告訴雅夏，這些只是一時興起的念頭，但雅夏的悲痛使他極為認真看待這件事，並開始搜尋遙遠北方的葬儀社。雅夏說他父親在家的時候、往莫斯科的飛機上、機場、他臨終前一晚，都說著這個願望。他無法不顧他說得如此明白的願望。相反的，他很樂意不顧他母親的願望，而且不顧俄羅斯顯然是趟無意義的旅程。雅夏承認他母親住在紐約。丹尼歐承認他知道。雅夏說他母親想要離婚。丹尼歐說他把離婚文件拿給瓦西里。

兩人互相坦承後才發現原來彼此都知道，雙方也不知道該責備誰、責備什麼。他們遵從瓦西里的願望。丹尼歐撥了奧里雅娜給他的電話號碼。一個男人接起電話，丹尼歐不知怎麼稱呼他，只好說「奧里雅娜·格瑞葛利歐夫」，成功地把電話轉給她。當時，雅夏已經聯絡了在挪威博格村的維京博物館，和那裡的館長達成協議。丹尼歐告訴奧里雅娜如何從紐約經由奧斯陸到博多，告訴她，他會帶著遺體在那裡和她見面。奧里雅娜打電話給那些曾經幫助她離開俄羅斯的人，現在得找他們的兒子，請他們幫忙把遺體運到俄羅斯之外。

雅夏獨自一人先出發，籌備葬禮。他搭了兩次飛機、一次船、一次巴士。博物館提供他一間房間，並重新調整葬禮報價，而那剛好是丹尼歐預算的上限。雅夏的父親將被安葬的地方有一條公路，雅夏漫無目走著，當地稀少的人口、不間斷的陽光、他解決三餐的大餐廳，還有環繞的山峰，都讓他訝異不已。

丹尼歐把遺體安置好，拿著駕照，開著車，離開俄羅斯，進入拉布蘭。

奧里雅娜穿著黑色的洋裝抵達，雙手戴著小牛皮手套，腳穿厚底靴。行李只有一個肩背包，接待人員幫她提進二十號房。幫她整理房間的同時，她站在訪客中心五角型的地板中央，展開雙手伸長脖子，彷彿在呼喚掠食者一般。那天是星期六下午，正逢維京博物館的開放時間，滿是遊客。沒有人靠近她超過十分鐘，直到雅夏過去。

「我當時求妳。」他說。他站在她面前，從漫長的睡眠和怒火中恢復過來。

「雅可夫——」她說，發現他還活著，鬆了一口氣。

「我當時求妳離他遠一點。」雅夏說。

「我當時求你自己告訴他。」她說。

「我當時告訴妳他承受不了。」他說。

他母親把雙手分別從手套抽出來。「這件事對他的打擊本來不會這麼大，」她說：「如果從他兒子的口中說出來。」

「身為他的兒子，我拒絕了。」雅夏說。

男廁的門打開，丹尼歐走出來。

「所以妳就找上他哥哥。」雅夏轉向他伯父。「你照著做了。」雅夏對丹尼歐說出這句他沒能在莫斯科說出口的話。「你完全依照她的要求做了。她要你叫爸爸簽名，你就叫爸爸簽名。你甚至連猶豫一下都沒有，對吧？」

丹尼歐停了半晌。「我確實猶豫了。」

「他原本可以再活久一點。」雅夏說。他看著他母親，她的紅色短髮挽到後方，用紫色的方形髮夾固定著。「有名無實的婚姻，」他說：「對妳有什麼損失嗎？」

「是我。」丹尼歐說。他手中抓著黑色的帽子，就像雅夏的母親抓著手套，他們兩人都像抓著鬼娃恰吉一樣。「你說得對，雅可夫。」他伯父說：「我把那些文件拿給他。是我。」

「這是最好的決定。」奧里雅娜說。

「妳倒是解釋一下，為什麼殺了他是最好的決定！」雅夏說。

那個女孩和穀倉的畫家走進大廳，看見咆哮的雅夏大為詫異，左轉走向通往客房的走廊。他們提著兩個袋子走向十八號房，關上門。

「眞是個有趣的小房子。」奧里雅娜說。

「這是維京博物館。」雅夏說，「妳在乎過嗎？這是爸爸的願望。」

「親愛的，我聽不懂你在說什麼。」她說：「你伯父打電話給我，告訴我你父親的事情時，我聽見你在旁邊，但我根本就聽不懂你在說什麼。歐莫的路線，歐莫的路線，什麼莫名其妙的話。」

「我找到一個靠近**世界的頂端**的地方。」雅夏說，盡可能緩慢、扼要地說，畢竟看到他母親巨大的靴子後，他的脈搏速度一直呈現異常。「爸爸希望這麼做，我們可以循著歐莫打獵的路線到那個地方。以爸爸希望的方式，舉行葬禮。妳可以想像，我們沒有太多選擇。這是我能找到最好的地方。」

「真的很棒。」他母親揮舞手臂，從地板指向天花板。「不是嗎？」

雅夏不知道他是否找對了地方。他需要問他父親。丹尼歐現在是和他父親最接近的人。

「他人呢？」雅夏尋找他的父親，壓低聲量。

「在停車場。」丹尼歐說。他打開大廳的門，先示意雅夏出去，接著是奧里雅娜。

棺木狹窄，沒有上漆。雅夏好奇丹尼歐是否親手拿鐵鎚把棺木封上。看起來恰好是他父親的肩寬，他父親從來不是個魁梧的人。棺木往雙腳的部分逐漸變窄，雖然不是極窄，但看起來像沒有重量一般，像裡頭根本沒有人。

豪爾德從水邊大步走向他們。當他靠近送葬者時，他深深彎下腰，頭彎到臀部的高度，對著奧里雅娜鞠躬，奧里雅娜以貴族式的點頭回禮。她的手貼著心臟。

丹尼歐伸出手臂朝向棺木，大聲唸出：「瓦西里．格瑞葛利歐夫」。

雅夏看著棺木，眼眶再度湧出淚水。

豪爾德轉了幾圈又大步走回博物館。他拉了一台推車出來，顛簸經過碎石地面。

推車的木頭比棺木厚，顏色比棺木深。雅夏心想，世界上沒有一種工具的發明是爲了這件事，爲了他爸爸的死去。豪爾德從輪框中挑出一顆卡住推車的圓石。雅夏心想，沒有什麼工具能讓這件事容易一點。

丹尼歐和豪爾德把棺木從貨車搬到推車上。

「我弟弟希望葬在世界的頂端。」丹尼歐說。穩住推車。雅夏從他伯父的聲音裡聽見父親的腔調——兩個聰明的兄弟，通曉英文，卻鮮少說出口。「我們兩個小時候認識一個從拉布蘭來的人。」丹尼歐說：「我父親的打獵教師，是這一帶的人。薩米人，他讓我們玩他的弓。所以瓦西里有這樣的想法。」

「我能理解這個想法。」豪爾德說：「北方非常迷人。若能認識瓦西里·格瑞葛利歐夫，必定是我的榮幸。」

奧里雅娜身穿黑色的洋裝發抖著——洋裝不夠長，也不夠暖——她不斷撥著頭髮。「他的心臟停了。」她做了一個模糊的手勢，在雅夏眼中，像她的胸口忽然飛出一隻蝴蝶。

豪爾德提到他的姨母席爾德，同樣患有心臟病，但活到九十四歲。不過必須特地去博多的醫院看診幾次，要搭夜船，或僅容得下十二人的飛機。

豪爾德說完後，他們又再度安靜。

「他死的時候，她想要跟他離婚。」雅夏告訴豪爾德。雅夏的雙眼因淚水而模糊，他想要事情直截了當。「我不知道他簽了那些文件沒有。」雅夏說：「我當時心裡很亂。」雅夏說。他轉向丹尼歐：「他簽名了嗎？他死之前——」

「是的。」丹尼歐說。

「所以他自由了。」雅夏說，低頭看著棺木。「這是一個自由、死去的人。」

「有勞您。」豪爾德說：「我們會好好照顧你父親。請進來，吃點東西，休息一下。午夜之前，我們還有幾個小時的時間。」

奧里雅娜說：「你們的員工做過這種事嗎？」

雅夏環顧四周，尋找豪爾德的員工。一個也沒看見。

她說：「而且，為什麼是午夜？」

「午夜是這裡最好的時間。」豪爾德轉身面向海岸。

雅夏隨著館長的眼神。峽灣表面的水體像一片金屬，鑲在星球的邊緣。

豪爾德引導奧里雅娜入內，向她說明午夜太陽。丹尼歐跟在後面，也在聽。雅夏走近棺木，棺木低矮、平穩。木頭幾乎沒拋光，但是均勻平整。雅夏臥躺在棺木上。他比他父親高，比他父親的棺木長。他深棕色的西裝鞋露出棺木外，腳趾向著地面。他的頭轉向右邊，臉頰貼著木頭。讓自己的雙手自然垂到地上，手指摸得到地上的石子。

從遠處，有個臀部向他靠近，進入他髖骨高度的視線。他保持不動。比起他臉頰底下的粗糙木頭，還有木頭底下的恐怖，朝著他移動的臀部是生命世界的代表，被派來帶他回到現實。她直接在他面前停下，她褲襠的拉鍊就在他的嘴巴前面。他感覺到自己的手臂舉了起來，然並不是出於他的意識，同時感覺到她握住他的手。她一隻手拉起他，另一隻手扶著他的背，轉向博物館的訪客中心。他們路上經過那個畫家，他正要去黃色小屋，一臉神經衰弱，彷彿從床上摔下來，或好幾天不成眠。

「待在這裡。」她說。

「拜託——」那個畫家說。

她帶著雅夏到客房的區域，雅夏指著十六號房。他們在門外站了一會兒。

「他叫什麼名字？」雅夏問，朝著穀倉抬著頭。

「倪爾斯。」她說。她的臉上閃過一絲敵意。他認得這個表情，和上次他們說話一樣。接待人員經過他們，女孩的手依舊環繞雅夏的背，而雅夏也不感到尷尬。他希望這個女孩能重新和善地看著他。

「妳叫什麼名字？」雅夏問。

「法蘭西絲。」

她看起來對他一點興趣也沒有，她不像艾列莎那樣靠近他，但她也沒有跑掉，那是他母親的招牌把戲。他沒有什麼特別要對她說的話，但他希望她繼續保持對他的關注——她那種無所求的關注。他想說「拜託——」，像倪爾斯那樣。

「我得走了。」法蘭西絲說。她走了。

雅夏發現她驚人地可靠。

❦

十六號房裡頭一片陰暗。雅夏想像如果法蘭西絲和他一起踏進房間，會發生什麼事。他拉開厚實、阻絕日光的窗簾，每個角落都被他意想不到的日光鋪蓋。牆壁是橘色、地板是紅色、天花板是藍色。感覺像是住在某個動物的身體裡。

房裡有兩張單人床，分別靠著兩面對立的牆。一張床是金屬的，另一張是木頭的。雅夏睡在木頭床上，從前天開始就沒整理。他的手放在牛仔褲上，顯得格外慘白。他眼睛接收的光芒讓房間也褪色，他的雙頰發汗，嘴巴乾燥。他打呵欠，張開大口，放鬆下巴。

隨著光線在他房裡穩定下來，顏色也逐漸柔和，雅夏將目光聚集在窗外。從他的床上看過去，似乎除了海水，什麼也沒有，但站在窗邊，他首先看見海岸。平坦、白色的沙。海水看似炎熱，卻感覺寒冷。比曼哈頓的海灘乾淨多了——沒有煙蒂、肥滿的俄羅斯人或小孩，沒有人，也沒有垃圾。訪客中心和海灘之間有塊草地，一頭山豬在草地的圍欄裡進食。

雅夏猛地打開搖搖欲墜的窗戶，迎面而來的空氣彷彿從來沒有接觸過任何東西，直接從生成的地方飄來。他很高興來到這裡。他倒不是眞的很高興來到維京博物館。現在，維京人對他來說永遠意味著死亡，他猜想維京海盜對多數人而言，同樣意味死亡。但他瞭解爲什麼他父親想要千里迢迢來到這裡。這裡很好，又高又遠。他納悶爲什麼父親生前從沒來過這裡。

他父親生前做過的事：收集青蛙、修理收音機、學英語、學法語、學做麵包、學彈琴、娶了他的鋼琴老師、搬到布魯克林、開了格瑞葛利歐夫烘焙坊、用藍色的油漆寫了大大的「格瑞葛利歐夫」在遮雨篷上。

他父親熱愛的事：遮雨篷、秋天的洋蔥捲、滑輪溜冰、他的妻子、他的妻子給他的孩子、從族譜中把他的名字植入兒子的名字當中，把兩人永遠連結在一起、大西洋、魚、他的故鄉、他搬去的地方、整個星球、麵粉、酵母、鹽、地鐵線B。

雅夏想幫父親在洋蔥捲抹上奶油乳酪。他想拿給他吃。失落的感覺一整天時好時壞：他早上還能起床，他還能站起來，至少託法蘭西絲的福。現在獨自一人，失去父親像一把無形的利刃，他暗紅色的房間充滿暴戾。他躺下，頭垂在床緣之外，只見紅色的地板。窗戶依然開著，微風中飄著馬匹和草原的氣味，安撫了雅夏。地板的紅色消失又復見，變換成褐色。當光橫越地板遷移，他眼皮上的顏色也改變了。

太陽高照。可能是上午十點或正午，或晚上八點，也可能是午夜。不，還不到午夜。午夜時法蘭西絲又會再一次在他的身邊，午夜時他又會再一次在爸爸的身邊。雅夏把頭拉回床上，任其陷入床鋪裡面。

❦

雅夏睡了好幾個鐘頭後驚醒，起身，離開房間。他循著走廊上麵包的香味，經過一棵巨大、金屬雕刻的樹，經過訪客中心的櫃臺，穿過禮堂的大門。晚上七點鐘，他們很快就得備妥必要的工具，載著棺木到艾根，但博物館的員工四散，訪客中心空無一人。不久之後傳來一陣靴子的聲音，重重踏在走廊上。

「你還沒吃呢，親愛的。」他的母親說：「你餓壞了。」

「我吃了。」雅夏說。其實他沒有，而且他很餓。

「你吃了什麼？這個嗎？」她說，接著走到禮堂。她仔細看了自助餐盤：麵包沒切，茶是深色的，雞蛋沒熟透，所有的東西是醃漬的。她伸手摸了一片魚，被她一摸，盤子晃動起來，她把手移開。

「鯡魚。」她說。「我父親的最愛。我討厭牠抖動的樣子。」

雅夏不記得俄羅斯鯡魚。他僅能勉強想起布魯克林的貝果。他看到銀色的盤子上有一塊褐色的東西，還有一把乳酪刀，刀柄是個鬍子男人。他抓住男人的臉，朝那一塊東西的表面刮了刮。吃起來像堅果、焦糖和馬鈴薯，看起來像成塊的花生醬。有張字條放在桌子上，用潦草、仿古的筆跡寫著：「褐色乳酪」。

「親愛的。」他看著乳酪，他母親說：「我們來到這裡了，不是嗎？終於來了。」她揮著手，指著廳裡的空間。

他確實有股想要靠近她的衝動——握住她的手，或讓她抱著自己，就那麼一次。因爲今天是星期六，他們兩人都知道這意味著什麼。但他沒有靠過去，而他母親拿好早餐。她切了兩片麵包，盤子的邊緣放了一包美奶滋，她以爲是奶油。雅夏塞了一塊薄薄的心形鬆餅進嘴裡。

豪爾德換了一件白色的長上衣。他走進大廳，看起來整潔、能幹。他的鬍子顯得特別紅。他再度彎下身體，對著雅夏的母親深深一鞠躬。

「今天天色陰暗。」豪爾德說。

奧里雅娜點點頭。雅夏看著禮堂的窗外。太陽和過去三十六個小時一樣明亮，峽灣平靜，山豬在睡覺。

「陰暗的天空是天氣使然，我們無可奈何，只能欣賞。」奧里雅娜說。她將盛滿食物的盤子放在桌上，拿起一片麵包。

「您的英語非常優美，格瑞葛利歐夫太太。」豪爾德說。

「豪爾德館長。」奧里雅娜屈膝：「我父親是個富有的人。若您能想像俄羅斯也有富有的人。」沒有人笑。於是她繼續。「我們——我們生活豐裕。我從小受家庭教師教導，您可以想像，衆多的房間，早餐享用鯡魚。但這番奢華，我無福消受。」她說：「我嫁給了烘焙師傅。」

她拿起一片麵包像是證據。她咀嚼著。豪爾德比較起俄羅斯麵包和挪威麵包的顏色。挪威的麵包，即使顏色最深的，也比俄羅斯的黑麵包還要淺。雅夏不知道他們在說什麼，說這些做什麼。他說他要回去他的房間。他走的時候，聽到豪爾德開始說起陽光莓果。

❦

世上沒有陽光莓果這種東西，也沒有人會在丈夫出殯那天閒聊想像中的水果這種事。雅夏抓著房門的把手。從隔壁的房門，他聽見法蘭西絲說話。博物館給她十八號房，省去她往返萊克內斯的時間。對雅夏而言，這代表法蘭西絲不會和他的老師，或那間詭異的黃色穀倉在一起。她睡覺的地方和他只間隔一道牆。有人正和她對話——好幾個，但聽起來都不像倪爾斯。他走向她的房門，聽著。

法蘭西絲說：「他們的小孩不會是混蛋。」

「你怎麼知道？」一個男人大喊。

「有其父必有其子。」一個女人大喊。

一陣沉默。雅夏敲了她的門。

他聽見「等一下」，接著轉成「Et øyeblikk」。

她打開門的時候，穿著黃色熱褲。他不想看著褲子，但他也不能太用力看著上衣。他很確定衣服上面有花的圖案。他往下看，她的腿是日曬的顏色，而且光滑。

「抱歉。」法蘭西絲說：「我以爲我十點才需要到場。」

「不用麻煩妳。」雅夏開口，但他很後悔。「我想爲之前的事道謝。」他說：「我打斷妳了。」

「正在處理家庭危機。」她說：「有什麼事情——」她急忙綁好褲子的帶子，「需要幫忙嗎？」

在她後方，雅夏可以看見靠窗的小桌子上放著打開的筆電，還有小小的男人和女人在螢幕上，那個女人微微揮手。他也對她揮手。那個女人揮得更用力。

「是妳的朋友嗎？」筆電的喇叭傳來這句話。

「這位是雅夏。」法蘭西絲說，轉過身去背對著雅夏，走向靠窗的桌子。房門依然開啟。

「雅夏、雅夏、雅夏。」那個男人說。

「你是爸爸？」雅夏說。

「我就是爸爸。」

雅夏說：「我爸爸剛死掉。」

男人和女人停止動來動去。

「眞是抱歉。」那個女人說：「我們剛剛聽說了你們家人計畫的葬禮，眞的很特別。」

「我只是告訴他們他的願望。」法蘭西絲說：「世界的頂端。」

「他讓死亡變得不錯。」那個爸爸說。

「索爾——」那個媽媽說。

雅夏走進法蘭西絲的房間。和他的一樣，她有兩張分開的單人床。她睡的那張床很整齊，另一張床散落著項鍊和筆刷。一件黑色的衣服平整地摺好，放在打開的衣櫥，窗簾拉向兩邊，她一抬頭就可以看見山豬的圍欄。她的腳指甲搽上橘色的指甲油。

「我父母在葬禮開始前要和我談談。」她說。

「妳父母住在哪裡？」雅夏問。他不知道他爲什麼在她的房間裡，但既然進來了，他想要留下。

「紐約。」她父母異口同聲地說。

雅夏坐在法蘭西絲書桌的椅子上。「我以前也住在那裡。」他說。

「住在市區嗎？」

「布魯克林。」雅夏說：「格瑞葛利歐夫烘焙坊。」

「你們家？」

「我父親和我。」雅夏說：「我不知道妳也來自紐約。」他對著法蘭西絲說。

「土生土長。」那個爸爸說。「你，我猜你在別的地方出生。」

「索爾——」

「我只是說可能嘛！你在別的地方出生嗎？」

「爸！不要拷問他。」法蘭西絲說。

「俄羅斯。」雅夏說。

「看吧！」那個爸爸說。

「眞不好意思。」法蘭西絲說。

「沒關係。」雅夏說：「我不需要什麼。」他說，接著蹲低對著鏡頭：「很高興認識您兩位。」法蘭西絲看起來很尷尬。他喜歡惹得她尷尬，他沒想過他有這個本領。他走出房門。

她爸爸的聲音房外也聽得見，對話重啟：「嗯，他——」

雅夏走回大廳，往停車場的門走過去，看看棺木是否還在那裡。

「誰住在那間房間？」雅夏的母親叫住他。她站在訪客中心看著世界之樹的雕刻。

「沒有人。」雅夏說：「有個女孩——」

「雅可夫。」他母親說：「你沒告訴我你有了愛人。」

「耶穌基督！」雅夏說。

「我們並不信耶穌。你看。」她忘了愛人的事，繼續說：「這裡說這是生命之樹！」

雅夏小心翼翼靠近她。

「而且有一隻山羊！」她說。

他抬頭看著巨大的金屬雕刻。沒有任何山羊。他眼前所見的，是銅色的樹幹，固定在大廳地板三個位置，枝幹繁茂，朝著大廳低矮的拱形天花板延伸開來。他第一次注意到，有四個小矮人黏在天花板上，等距圍繞著樹。他們身上穿著小小的衣服，每件衣服都寫著不同的字母：N、S、V和Ø。

但是，他還是沒看見任何山羊。

「哪裡？」雅夏問。

「山羊站在英靈神殿的頂端吃著樹葉。」奧里雅娜彎下腰到底座，讀著一塊牌匾上的字。雅夏覺得她看起來很好笑，這麼矮小。她穿著黑色的洋裝，整個身體蜷在一起，變成一團。當她又起身站直，他看得出來她一直比父親要高。她幾乎和雅夏一樣高。她手指著牌匾上的一張圖，說明世界之樹整個系統。

雕刻複製品並不完整，樹下並沒有迷你的英靈神殿，只有看似草地紋路的金屬地板。雅夏把雙手放在樹幹上。

「不要碰。」奧里雅娜說：「不要碰，不要碰生命之樹。喔，你能想像嗎！」她微笑著：「四個小矮人負責舉起天空。」

「妳覺得爸爸在哪裡呢？」雅夏問，臉上沒有笑容，手還在樹上。「和四個矮人在天空中？和底下的山羊在一起？我覺得他在山羊底下。在宮殿裡，英靈神殿。」

「雅夏，你覺得你父親在英靈神殿？」

「是啊。」

「這……」她伸手撥弄頭髮，支支吾吾半晌又皺了眉頭。她天生挑動的嘴角垂了下來。

「英靈神殿。」她唸著牌匾。「被殺之人的宮殿。在英靈神殿，戰死的勇士們稱為英靈戰士，喝著名為恩赫里亞的山羊乳房中的蜜酒，吃著山豬沙赫利姆尼爾的肉，從不匱乏。」

「呃……你父親不是戰士，雅夏。」她說。

「而且他不喜歡吃豬肉。但妳覺得妳會去哪裡呢？」他指著圖，點著世界之樹中三個不同的地方。「神之國度？英靈神殿？冥界？」

「別說了，親愛的。」奧里雅娜說。

「不，我說眞的，妳覺得呢？」雅夏像她那樣彎下腰。他感覺到自己不知為何離她很近。「妳看，如果妳往上找矮人，妳就必須對付追逐太陽的狼。如果妳往樹的根走——」他踢了樹幹一下，失去平衡，又站穩。「這裡有發瘋的刺蝟，吃著樹根，很兇。刺蝟底下又有蛇，所以妳——」

奧里雅娜大聲唸著，蓋過雅夏的聲音。她在他身邊彎下腰來，與牌匾同高，他們的肩膀相倚，好似舒服。「宇宙的支柱，」她唸著：「在世界的中心，是一棵巨大的白蠟樹。」她唸著，像是畫出一道彩虹那樣揮著手臂，「將宇宙不同的部分接連在一起。」

雅夏安靜下來，任她宏亮的聲音在訪客中心的大廳來回。他看著樹，就在這裡，將宇宙不同的部分接連在一起。

「別擔心。」雅夏說，他直起身子。「爸爸沒有和山羊在一起。我不知道他在哪裡，妳也不知道他在哪裡。沒關係，他去的地方很好，那裡有很多麵粉和烤箱，而且妳死的時候，妳什麼都沒有，因爲妳什麼都不愛。」

奧里雅娜還蹲著，抬頭看著她兒子。她這下紅成一片，不只是頭髮，還有臉頰與脖子。她紅著臉，雙眼黯淡。

雅夏轉身，背對他母親，發現豪爾德館長的大肚腩就在他的背後。

他們鼻子對著鼻子站著。

「我們準備好了。」豪爾德對雅夏說：「隨時爲您服務。」他又向奧里雅娜鞠躬。雅夏納悶豪爾德怎麼來得如此無聲無息。

「是的。我兒子正在告訴我一些很有趣的事。」奧里雅娜說，伸手撥弄自己的頭髮，然後伸向豪爾德，豪爾德接過她的手。「有關英靈神殿。」

「英靈神殿！」豪爾德說，同時把她扶起來。「我不知道您也曉得。」

他們三人又轉向樹。突出的樹根深入大廳地板，彷彿往地底世界繼續蔓延。

「您會是絕佳的瓦爾基麗（Valkyrie），格瑞葛利歐夫太太。」豪爾德說。「他們都是高䠷的女人，像您一樣，身上長出翅膀。」[5]

5　譯注：北歐神話中的女戰神，挑選戰死的英雄，並引領他們帶往英靈神殿。

「我會是絕佳的山羊。」雅夏說。

「不，不。」豪爾德搖晃著手指。「英靈神殿的山羊非常特別。非常特別的山羊，恩赫里亞。蜜酒從她的……她的……」

「乳頭？」奧里雅娜說。

「Ja。」豪爾德說。

沒人說話。

「我們出發到艾根吧。」豪爾德說。

今日毫無疑問是星期六，接近午夜時分。雅夏無法阻止時間，而時間已經到了。他們都在做著應該做的事。每個人都在忙，雅夏反而沒什麼可做。法蘭西絲把毛毯鋪在卡車的貨斗上。倪爾斯有事無法協助葬禮，他向雅夏和雅夏的母親致歉。官員明天一大早就會來審查他畢生的心血。他必須準備，也得睡覺。他說，法蘭西絲很辛苦，午夜的葬禮結束後要直接準備一早的審查。

雅夏幫她鋪上最後一張毛毯。接下來是羊皮：他們一起把羊皮疊起來。法蘭西絲抬起一箱保溫瓶，雅夏搬了可折疊的塑膠桌。卡車貨斗幾乎滿了。豪爾德扔了一大捆繩子在羊皮上。雅夏拿了一把紅柄的鏟子，還有黃柄的鏟子，全都放上卡車。

一個年輕人拉著一台拖車走進停車場。他對著法蘭西絲微笑，一看到雅夏就不笑了。

「你父親從這裡出發。」他說。

「你是誰？」雅夏說。

「席格比藍，鐵匠。」

雅夏檢查了拖車，是銀色的，上頭還沒清理。

「雅可夫・瓦西里歐維奇・格瑞葛利歐夫。」雅夏握了席格比藍的手。他脫掉綠色的薄毛衣，擦著拖車的表面放置棺木的地方。

「超級好。」鐵匠說。

當拖車夠乾淨了，雅夏把毛衣丟到一邊。法蘭西絲和席格比藍把拖車扣在小貨車的背後。豪爾德把推車上的棺木，從寫著「私人區域」的後門推了出來。

「來吧。」豪爾德對男士們說。

丹尼歐伯父、豪爾德館長、鐵匠席格比藍，以及雅夏，圍繞在棺木旁。太陽依然高照，但在丹尼歐身後稍微落下，將丹尼歐戴著帽子的身影映在棺木上。影子在棺木上顛倒過來——丹尼歐的頭在瓦西里的腳上。雅夏端詳他伯父的臉。他伯父低頭看著棺木，沒注意到自己正被打量。雅夏看著他：是瓦西里的鼻子（圓圓的），瓦西里的髮線（竟然絲毫沒有後退）、瓦西里的耳朵（小小的）。丹尼歐的眼睛不像瓦西里。雅夏的眼睛也完全不像他父親。他父親的眼睛是湖水綠。

雅夏想要打開棺木。一下子，一次就好。

「丹尼歐——」他說。

「嗯？」

「我們可以打開嗎？」

「打開？」

「打開。」

「不，我不覺得我們可以打開。」

「不行嗎？」

「你看。」丹尼歐說：「呃，撬開這些釘子不難，我只是把釘子釘進去。但是，雅夏。」他說：「雅夏，你想這麼做嗎？他在休息，他在裡頭看起來病懨懨的。」

每個人都看著棺木。

「我六天沒到見他了。」雅夏說。

「我十年沒見到他了。」奧里雅娜說。

「我父親一九九九年的時候去世了。」豪爾德說。

丹尼歐搓了搓他的臉，脫下帽子。「他在休息。」他說。

雅夏再度看著棺木：陽光依然普照，他想像陽光穿過木頭，穿過他父親的眼皮，照進兩隻綠色的眼睛，雙眼會閃閃發亮。有時候，海上的光穿過烘焙坊的窗戶，直接灑他在父親的臉上。那個時候他父親的臉龐如此明亮，雅夏可以清晰看見臉上每根毛髮，還有湖水般的綠色雙眼。其他時候，烘焙坊只是一個昏暗的地方，多雲的日子，更是像遮滿樹葉一樣。

每個人都在等待雅夏回答。雅夏轉向他母親，她正確認自己的耳環是否還在。她後方三公尺，坐在貨斗上的法蘭西絲正盯著雅夏，眼中泛著淚，使雅夏忽然感到很驕傲。這是他父親，他們都來參加他父親的葬禮。

「不要開了。」雅夏說。「他在休息。」

「那麼我們把他舉起來吧。」席格比藍說。

「好的。」丹尼歐說。

四個男人屈膝，張開雙手。棺木在他們之間，在推車上顫抖。

法蘭西絲做出手勢引導他們往後抬起，將棺木放在拖車上。棺木就位後，豪爾德拾起那捆繩子，繞著棺木四圈，在拖車上固定好。雅夏和法蘭西絲爬上貨斗，肩並肩坐在層層疊起的羊皮上。

丹尼歐和席格比藍坐在乘客座，豪爾德開車，奧里雅娜坐在副駕駛座。卡車緩慢的行駛，像典禮進行一樣。

維京路經過博物館，沒多久就分成兩條，往西接上艾根路。艾根路經過艾根鎮五十棟奇怪的房屋，公路盡頭是綿羊牧場。過了綿羊牧場繼續沿著泥路走，在六個紅色的漁艙和半島的最北端之間立著一個人頭的雕像，這個雕像是挪威政府資助的藝術裝置，由一個細瘦的基座撐起。繞著人頭走一圈，會感覺人頭彷彿上下顛倒。艾根的海灘上佈滿一座又一座的巨石，東西兩邊看似無止盡。艾根的北方是挪威海，挪威海的另一端是北極。而世界在北極的另一邊又重新開始。

雅夏和法蘭西絲坐在毀壞的德國雷達站旁木製的長椅上。雅夏盯著一隻十六隻腳的蜘蛛，隨即分開成兩隻蜘蛛，他們分開後又在長椅底下相遇。

「他們會咬人嗎？」雅夏說。

「昆蟲不是都會咬人嗎？」法蘭西絲說。

「嗯。」法蘭西絲說。

雅夏笑了——他們兩個都是紐約人。

「這裡有乳酪！」豪爾德從雷達站下方大喊。「還有麵包、奶油、咖啡。各種杯子任君挑選。」他擺好塑膠桌，席格比藍鋪上一張羊皮。羊皮很厚，上頭不均勻的羊毛球使咖啡杯傾斜。保溫瓶底下的羊毛已經染成褐色。

丹尼歐吃了三個麵包，他看起來很餓，彷彿他將死去的弟弟背在肩上來到這裡。格瑞葛利歐夫家族從不注重團圓，而現在他們都在這裡。某個方面來說，都在。雅夏想像這對兄弟童年的時候。丹尼歐應該比較高大，瓦西里應該比較敏捷。當他想到他父親，雅夏想到一個活著、呼吸、擤鼻涕、烘焙的男人。他們還沒把棺木從銀色拖車上卸下。雅夏想像父親在棺材裡面擤鼻涕。鼻涕無處可去，堆積在木頭裡頭。雅夏想像瓦西里擤鼻涕，在地底下，永遠這樣。

「現在幾點了？」雅夏問。

「差不多十五分，過了二十三點——」

「他的意思是晚上十一點十五分。」席格比藍說。

「不好意思。」豪爾德說。「重點是，還剩四十五分鐘。」

不可能已經十一點十五分了，雅夏心想。他抬頭，一片湛藍。他望向遠方，無盡的海。他左右顧盼，都是岩石。

「天會黑嗎？」雅夏問。

「不會。」豪爾德說。「昨晚天變黑了嗎？不，不是一片漆黑，只有一點點粉紅。今晚也不會完全天黑。我覺得，對你父親來說，這樣很好。」

「跳舞——」奧里雅娜說，她的表情似乎獲得什麼啟發一般。「在光芒底下，應該要跳舞。」她說。

雅夏心想，和她結婚應該很有趣，但他同時也想制止她。看看她，竟然說要「在光芒底下」跳舞。她眞的很不識相，但她可能至少讓爸爸笑了，或跳舞。爸爸有時候確實會跳舞。他們收起烘焙坊的那天晚上，爸爸跳舞了，雖然只是動動肩膀。

法蘭西絲沒有加入對話，盯著沙，但她默默笑了。

「如果您跳舞，格瑞葛利歐夫太太。」豪爾德說：「沒有人會拒絕您。」

法蘭西絲笑得更用力。

「妳今晚也笑太多了。」席格比藍對她說。

「才沒有。」雅夏說。

「我很抱歉，雅夏。」法蘭西絲說：「我不是在笑。身體遭遇太多悲傷時，會不自覺發抖。你懂嗎？我不是在笑，我在發抖。」

雅夏想知道她的身體還會怎樣；他想像抓住她小小的肩膀，把她拉過來。

「我們開始吧？」豪爾德問席格比藍。「最好快把洞挖好，這樣我們午夜的時候就能把洞填起來。」

雅夏抬頭看見眼淚從他母親的臉上流下來。總算，雅夏心想，她總算流淚了。

「格瑞葛利歐夫太太。」豪爾德說：「我讓妳傷心了，我永遠也無法原諒我自己。」

「你沒讓我傷心。親愛的館長。」她說：「是這個洞，我們爲瓦西里挖的洞。」

雅夏也爲這個洞難過。他還爲那些岩石難過。即使現在棺木在地底下，暴風雨可能會使岩石滾動，壓壞棺木。還有這些海浪、潮汐，還有最後一次他和父親站在地下室，淹水的那晚，他父親捲起褲管。雅夏甚至沒有觸碰過他父親的小腿，即使雙腿曾經在那裡，被腿毛覆蓋，他沒有爲此慶幸過，沒有坐在水裡擁抱他父親的腿，當時的腿是腿，他父親站著。現在爸爸躺下，而且永遠躺下了。他那時躺在父親的棺木上，他心想法蘭西絲是否覺得他這麼做很可悲，還有她笑的時候，樹上的果實是否結得更快。他想知道她是否喜歡他，因爲他其實很喜歡她。只是在今天，這樣的星期六，不應該去喜歡一個人。而且那個用全部的生命愛他的人，到頭來，不比一個洞大。

「他是我弟弟。」丹尼歐說。

雅夏想知道他母親是否有勇氣說：「他是我丈夫。」如果她說了，她還得說一句：「我新的男朋友叫做伊恩。」

奧里雅娜什麼也沒說。她不斷撫平黑色洋裝，雙手交替在腹部上下移動。她很瘦，幾乎是骨瘦如柴。她的手臂明顯都是雞皮疙瘩。

豪爾德和席格比藍開始挖洞。坐下之前，雅夏探頭看看椅子底下有沒有蜘蛛，但沒發現半隻。起風了，把羊皮上的毛吹到盤子的乳酪上。豪爾德鏟起沙子翻過他的肩膀，沙子四散在風中。有些沙子落在雅夏的葡萄麵包。他咬了一口，齒間研磨著沙粒，直到沙粒消失爲止。

午夜前十分鐘，豪爾德大好喊：「Klar。」

「意思是『準備好了』！」席格比藍大喊，有點激動。

「準備好了！」法蘭西絲使勁附和，然後收拾了咖啡杯。

「我們該怎麼做？」他母親問。

「很多人都好奇這個問題，」豪爾德說：「從創世之初就存在的疑問。於是，人類寫下神話傳說來回答這個問題。因爲從無人知曉。」

雅夏不覺得這番話有幫助。

「誰來把棺木從拖車上搬下來？」雅夏說。

「您也許會覺得喪禮彷彿諸神的黃昏，世界的末日。」豪爾德說：「但我向您保證，格瑞葛利歐夫太太——」

「我的名字是奧里雅娜。」

「奧里雅娜！」這時豪爾德的表情似乎瞬間柔和，但隨即又緊繃起來：「我可以向您保證，末日之後，世界會再度甦醒。曾經兩個人類存活下來，他們的子孫遍布世界。偉大的神話《埃達》（*Edda*）第一部〈欺騙古魯菲〉（Gylfaginning，在挪威文中有欺騙、欺瞞之意），若您讀到第五十二章〈諸神的黃昏之後〉（After Ranarök），您就會看到，那不是結局。今晚，我們在午夜的陽光之下埋葬您的丈夫，代表這並非末日，代表即使在深夜，依然有光芒。」

這好多了，雅夏心想。說得好，陽光就此有了意義。距離午夜還有五分鐘。天空和法蘭西絲的咖啡杯一樣，是藍白色。雅夏渴望意義。

就在此刻，他母親的務實反而令他訝異，她問：「但我們要怎麼做，現在，怎麼處理棺木？誰要把它放下？」

席格比藍從豪爾德背後向前一步，豪爾德完全把他遮住了。席格比藍說：「棺木不重，我可以搬。」

「我可以幫忙。」丹尼歐說。

「很好。」席格比藍說。

「那我要做什麼？」雅夏問，同時把背打直，肩膀垂下，雙手背到身後，胸膛前傾，下巴微微向一邊抬高，一隻手放在口袋。

法蘭西絲又笑了。

雅夏拉起她的手，內心歡呼，帶她往那個洞走過去。他們清出很多沙，洞遠比棺木的高度深得多，能保護棺木不受岩石和風的傷害。看起來很舒適——對爸爸來說。席格比藍彷彿回應了雅夏的思緒，開始在洞裡鋪上羊皮。墳墓成了一頭毛長在皮膚內層的羊。整個空間阻絕了潮濕的沙和不遠的北極——那個地球永恆的盡頭，在水中。我們皮膚隔絕了一切需要被隔絕的，雅夏心想，但爸爸的皮膚隨著時間過去，終將消失。想像父親的骸骨潔淨白皙，雅夏瞬間暈眩，而席格比藍和丹尼歐前去取下棺木。

他們在豔陽下將他下葬。鐽子和棺木的銅釘熠熠生輝。明亮的光照射在哀悼者的頭髮、花朵的雌蕊、樹林裡頭背上有斑點的生物上。天空中的鳥背著陽光，黑壓壓的。光在水面上跳躍，水像天空，天空像水。

他們放下兩條繩子讓棺木降下。一道粉紅色的光芒沿著地平線升起。金色的木頭迎向粉紅色的光，任其潑灑。雅夏知道，是爸爸臉上的紅暈。

「我們齊聚在世界的頂端，」豪爾德了，「埋葬瓦西里．格瑞葛利歐夫。」

「瓦西里．安德里歐維奇．格瑞葛利歐夫。」丹尼歐說：「願我們長眠的父親歡喜。」

豪爾德不是牧師。就職業而言，他是個導遊。從淺水處升起的岩石背對太陽遮著光，和鳥兒一樣陰暗，打擊著豪爾德未經排演的典禮。遠處，海岸的終點，戰時遺留的雷達站老舊燈泡閃爍著紅光。山脈沿著海岸線矗立，每遇到峽灣即變形——岩石深入海水。在懸崖底下，海水又急又快。潮水朝著送葬者湧進，但來不及碰觸到他們，在岸邊就被巨石打散，碎成泡沫。

豪爾德從長上衣裡頭掏出一本小書，打開，對丹尼歐說：「你的弟弟。」對奧里雅娜說：「你的丈夫。」對雅夏說：「你的父親，瓦西里．安德里歐維奇．格瑞葛利歐夫，要求死後埋葬於世界的頂端。他為何這麼做？」雅夏看見豪爾德的眼睛轉向一張貼在書封內側的紙條。他準備了一段演說。「那，必定是，與諸神之父奧汀在神族時代向北而行的理由相同。是為了向深埋在北方的力量，也就是地球邊緣的守護者致意。」豪爾德轉向哀悼者：「幸運地，世界在另一邊又開始了。舉例來說，就像在加拿大。」

法蘭西絲笑了，接著席格比藍笑了，然後雅夏笑了，他母親也笑了。

「怎麼了？加拿大？」豪爾德恭謙地問。

「繼續，豪爾德。」雅夏說。

「這不是笑話，我只是想到北極另一邊的土地，那些國家。我首先想到加拿大。只是我在猜，爲什麼加拿大的英文不是K開頭。我要表達的是，世界的頂端和世界的盡頭並不相同。」他吸了一口氣。「而瓦西里的盡頭如同這些盡頭，意味著再度開始。」他眼皮下方都冒出汗珠了。

「非常好！」奧里雅娜輕聲細語之中帶著深深的懇切。

「我們從〈欺騙古魯菲〉的第五十三章讀到，」豪爾德重拾自信，繼續說，「書上寫著：頂端代表世界的重生。這是我最喜歡的一章。」

席格比藍低著頭，雅夏注意到鐵匠軍人般的短髮以及完美的頭型，在那個洞的上方看起來像月亮。豪爾德的書在他的大手上看起來小巧。他以館長的姿態站立，雙腳微開，挺胸。豪爾德不是牧師，但他是公正的。他彷彿繼承了演出總統的演員身上的正氣。

「地球從海裡竄起，」豪爾德讀著：「碧綠而美麗。穀物遍布數畝，茂盛生長。維達（Vidar）和瓦利（Vali）活著，無論洪水或史爾特爾之火都傷害不了他們，他們住在艾達，從前神的國度。」[6]

雅夏試著想像艾達平原，他只能想像例如訪客中心大廳的那棵巨樹。不管怎樣，他不是很在意這些世界長得什麼樣，但聽見這些地名當中的母音有安撫的作用，從豪爾德張開的大嘴中緩慢地吐出，以雅夏從沒聽過的腔調，每一個字隨即被風吹散。艾達看起來也許就像艾根，雅夏心想，轉身過去看看那座人頭雕像，這個詭異之極的地方的招牌。他想問，這不是很詭異嗎？爸爸，這不是很詭異嗎？

「索爾的兒子摩迪（Modi）和曼尼（Magni）。」豪爾德繼續說：「他們將擁有妙爾尼爾（Mjölnir），也就是父親的雷神之鎚。他們將並肩就坐，談論從前巨蛇彌德加特（Midgard）和巨狼芬里爾（Fenrir）的神話。晨間的露水是他們的食物。從此，人類繁衍後代，居住在世界上。」7

奧里雅娜抬起頭——她剛才一直盯著自己的前胸，指尖碰著指尖。此時她望著遠方的海水，對著太陽。太陽棲息在地平線上，很快又會再度升起。

「太陽會有一個美貌毫不遜色於自己的女兒，」豪爾德讀著：「而這個女兒會跟隨她母親的步伐，如同這裡說的。」8

豪爾德把第五十三章讀完。雅夏心想，豪爾德是否看見他母親望著海水，而這個典禮究竟是為了他父親舉行，還是為了她。席格比藍的頭依舊莊重地鞠躬，法蘭西絲的雙手交叉在身後，像個嬌小的士兵，獻上最大的敬意與同情。對於這個葬禮，雅夏沒有其他要求，也不需任何變動。他母親究竟是在哀悼，或滿懷希望，或感到無趣，或放空，對雅夏來說都不要緊，因為過去的十年都不要緊，不比烘焙坊或餵賽普提摩要緊。雅夏讓賽普提摩走了；雅夏的母親很久以前就讓她的家人走了；而雅夏自己，當時走的時候惶恐又興奮，而現在，爸爸走了。

沙子倒在棺木上的聲音響起——席格比藍拿起紅柄的鏟子，開始填沙。沙子的聲音和他母親的聲音擾亂了雅夏的平靜。

「我們在做什麼？」她問。她整晚似乎就只會問這個問題。

「才剛開始填沙。」豪爾德說，闔上他的書。「我們必須開始把墳墓填滿，如此您的丈夫在破曉前才能安葬。」

「那不是她丈夫。」雅夏說。

「什麼？」他母親說。

「不是？」豪爾德說。

「他不是妳的丈夫！」雅夏說。「妳是別人的女朋友。」雅夏轉向豪爾德，繼續說：

6 譯注：諸神之父奧汀之子。諸神的黃昏時，巨人史爾特爾將火劍投向天空，巨大火焰吞沒地球，但兩人存活下來，在神之國度的艾達平原重建新世界。

7 譯注：神話中雷神索爾在諸神的黃昏與巨蛇、巨狼奮戰並同歸於盡後，他的兩個兒子繼承他的職位與雷神之鎚。

8 譯注：北歐神話中，諸神的黃昏時，太陽被巨狼吞噬，但太陽在被吞噬之前已經生下一位美麗的女兒繼承自己的職務。

「她跟一個男人同居，在翠貝卡。」他看著他的伯父，又轉向他母親，然後看著那個洞。
「我是他的兒子。」雅夏說：「就只是這樣。」
「你也是**她**的兒子」鐵匠舉起鏟子，指著奧里雅娜說。
「**妳**是他的母親，不是嗎？」豪爾德說。
奧里雅娜伸手撥弄頭髮。「我是雅可夫的母親。瓦西里曾經是我的丈夫。其他的，只是貓和公寓。」她彈了一下手指。「讓我埋葬他。」
豪爾德小聲地說：「親愛的奧里雅娜。」但她從席格比藍手中搶過鏟子。豪爾德，此刻手無寸鐵，心不在焉摸著他的鬍子。席格比藍跌坐在地上，將膝蓋抱在胸前。沒人知道他怎麼了。無論如何，他沒有意思要從雅夏的母親手上搶回鏟子。奧里雅娜四肢展開站著，紅色的把柄握在一邊拳頭裡。法蘭西絲雙手緊握在背後，頭髮遮住了臉。對雅夏來說，這兩個人似乎都不是女人。
正當所有人都沉默的時候，雅夏心想，事情進行得很快、很快。從他母親出現在東方大道那天開始。他追上她，他們往布萊頓海灘跑了很長一段路，而且感覺他們不曾停止奔跑。雅夏和他父親跑到俄羅斯，他父親的心臟跑不動了，他們又往北跑到這可惡的北極，他在這裡找到第一個他想要的女孩——
「怎麼了，格瑞葛利歐夫太太？」法蘭西絲說。
事情確實是這樣，雅夏心想。她的聲音證實了這一切。

奧里雅娜放下鏟子，但沒有完全放到地上。「我無法想起完整的禱告文。」她說，並把鏟子放到地上。

「禱告文」一詞嚇到豪爾德。他急忙翻找他的小書。

「我們應該唸一段禱告文。我從我父親的葬禮上學到的，但我想不起來怎麼說。我想不起來！」

豪爾德從墳墓的前方繞到奧里雅娜的位置，他輕輕地從她的手中拿下紅色的鏟子。法蘭西絲走過來，站在他們兩人中間。每個人各站在墳墓一方，除了雅夏，站在正對面，在寬廣的海灘之前，顯得高又纖弱。

奧里雅娜轉向法蘭西絲，對她說：「妳是猶太人。」

「什麼？」眾人說。

「我是猶太人。」法蘭西絲簡短地說。

「她當然是。」奧里雅娜對著眾人說。「紐約，褐色頭髮，看看她！」

「媽——」雅夏說。他意識到自己從沒叫過這個人「媽」，只有「媽媽」，而且連「媽媽」也很少。「媽——」是那種高中的孩子放學後，在電話裡要求某件事情時會叫的。

「我只是想知道，她知不知道怎麼唸禱告文。」奧里雅娜說。

「什麼禱告文？」法蘭西絲說。

「我唸給我父親的那種。」

「媽——」雅夏說。

「我確定妳知道。當然，我也應該知道，只是，我們幾乎不算是猶太人。我們假裝自己不是，這樣比較少麻煩。」她轉向豪爾德，一臉請他諒解的表情。「當然，我父親死的時候，我學到那些猶太文，一共九句還是多少的。這是我們祝福他的唯一方式。我是說，你的祖父，雅可夫。」

眞是了不起，雅夏心想。她對著觀衆的演出，扣人心弦。她在作秀，看起來魅力四射，像個巨星。

「我知道猶太的禱告文《送葬者的卡迪什》。」法蘭西絲說。「我只知道那個。我想晚點唸，我覺得現在不是時候。」

「那個是什麼？」奧里雅娜說。

法蘭西絲說：「願祂的大名，」

「不是那個。」奧里雅娜說。

雅夏說：「讓她說完。」

「不，不，不是那個。」他母親說，舉起一隻手遮住漸漸高升，直射她雙眼的太陽。她瞇起雙眼，沿著墳墓走來走去。

「沒有那麼多y的音，而且很短。」她轉向席格比藍。席格比藍完全不知道，而且看起來像被「很短」兩字給侮辱了。

「我想爸爸不是猶太人。」雅夏說：「只有妳，算是。」

「我是。」她說：「意思就是你也是，雅夏，親愛的，而且我們是送葬的人。」

「爸爸唯一會說的猶太語是『mazel tov』（祝你好運）。」雅夏說。

「他在我們的婚禮上學的。」他母親說。

豪爾德打開書：「說不定——」

「那個禱告文不在你的書中，親愛的館長。」她說：「主啊。我想念我父親，我想念那個男人，鮮魚，還有一切。我也想念這個男人。」她遮住太陽的手指著棺木。她的神情再度明亮起來，彷彿從肌膚底下透出光來。「我想念我的兒子。」她說：「看看他現在多高了，我簡直不敢相信。當然，我是個長腿的女人，但瓦西里這麼矮。」

席格比藍低頭看著棺木。

「上天憐憫我。」奧里雅娜說。「我失去了一切。」

「我不憐憫妳。」雅夏對著他母親說，跨過了那個洞。

奧里雅娜神色自若。在世界之樹旁邊發生的事——她當時蹲下、震驚，而且幾乎被打敗——不會再發生了。這次有很多人在看，而她的洋裝如此單薄，她很冷，但也因此堅強起來。雅夏見狀，也做好準備。

「我要上天憐憫我。」他母親說：「我是在向上天祈求，不是你，雅夏，親愛的。當然，上天也得憐憫你，你把你可憐的父親送到俄羅斯找我，你明知道我不在那裡。我們看看上天會不會原諒你。」

法蘭西絲轉身，一臉困惑對著雅夏。雅夏的手指緊握。

「當我呼叫上天。」豪爾德說，熱切地舉起一隻手。「我在呼叫巴德爾（Baldur）、弗雷（Frey），以及弗雷的侍從史格尼——」[9]

「我把自己送到俄羅斯，」雅夏說：「好遠離妳。」他瞪著他母親，但她的表情絲毫沒變。他轉向豪爾德。「我們不是維京人，豪爾德。而且我們有我們的神。」雅夏說。

「法蘭西絲，麻煩妳，就說妳知道的禱告。站在豪爾德站的地方。」

沒有人反對。法蘭西絲把臉上的頭髮往後撥，在脖子背後盤起來，但髮髻立刻又鬆開。他們又重新站好，等距圍繞著那個洞。馬戲團也該結束了，雅夏心想。地平線上粉紅色的光也沉落，漸漸地，到海裡。

法蘭西絲說：「願祂的大名在祂按己意所創造的世界中，」

她停了下來，對雅夏小聲地說：「說『阿們』。」

「阿們。」雅夏說，全心全意。

「不斷受高舉，被尊為聖。願祂在你有生之年，並在以色列全家的年日，快快地、迅速地，執掌王權。讓我們說阿們。」

她看了雅夏，雅夏說：「阿們。」

「願祂的大名被祝頌直到永永遠遠，被祝頌、受稱讚、歸榮耀、被高舉、被尊崇，能力、尊榮、稱讚歸與那聖者之名——」

奧里雅娜大叫：「讚美祂！」她很雀躍。

法蘭西絲繼續：「超過任何世上表達的祝謝和頌歌、讚美和恩言讓我們說阿們。」

聲音一停，雅夏說：「阿們。」

「願從天上豐盛的平安和生命，」法蘭西絲說：「臨在我們和全以色列。讓我們說阿們。」

「阿們。」雅夏說。

「那在高天之上締造和平者，願祂與我們並全以色列和好。讓我們說阿們。」[10] 法蘭西絲說。最後還有一個「阿們」，但雅夏漏掉了。

⁂

奧里雅娜很高興。「我眞的不知道我怎麼還會記得。」禱告文結尾的靜默結束後，她這麼說。「當然我母親應該知道，也許她教過我，我沒有完全忘記。神保佑我。」

---

9 譯注：北歐神話中，巴德爾是春天喜悅之神，弗雷是豐饒之神。

10 譯注：此爲猶太禱文《送葬者的卡迪什》（Mourner's Kaddish）。

雅夏看著法蘭西絲，想要表達他前所未有的感激。法蘭西絲回以愛睏、高興的臉。

奧里雅娜走到墳墓的另一頭。「你的女朋友幫了大忙呢！雅可夫。」她對法蘭西絲說：「謝謝。」

「喔，不——」法蘭西絲說。

「妳眞的，」雅夏說：「很棒。」希望法蘭西絲就此收下「女朋友」這三個字。

「有人需要點心嗎？咖啡？」豪爾德說：「還是乳酪？」

「我們還沒結束葬禮。」席格比藍說。

豪爾德打開他的小書，又闔上，收進他長上衣的某處。「原諒我，原諒我，原諒我。」他說。「我們開始動手吧。」

唸過禱告文，太陽升起，風也慢了下來，大家似乎同意，是塡平、埋葬棺木與羊皮的時候了。這裡很冷，沙土某方面來說，必定會讓爸爸暖和些，不管暖和現在對他而言是什麼意義。

法蘭西絲離開墳前，示意雅夏跟上她。

我還活著，想要感覺我體內的熱度，雅夏心想。他拿起黃柄的鏟子，和席格比藍一起鏟土。已經看不見棺木了，他將鏟子遞給他母親，這個動作讓他覺得自己無比仁慈。他看著她鏟了幾下，忍不住感動。埋葬是最糟糕的運動，而他母親做得如此優雅。即將結束的時候，席格比藍將鏟子遞給豪爾德。爲了不讓豪爾德和他母親一同埋葬父親，雅夏向豪爾德要了紅柄的鏟子，與他母親一起完成。

⁂

他們坐在海灘，身後是填平的墳墓。馬車般大的岩石佈滿海岸，要找個地方坐下真不容易。有幾座岩石頂上平坦，長滿了地衣，像張軟墊。他們全都面海坐著。雅夏坐在一座巨石上，他母親自己一座，微微傾斜在海岸旁，像游泳池的躺椅。丹尼歐站起來，用一點海水洗了把臉。

雅夏回頭望向幾乎分辨不出來的墳墓。豪爾德，鐵匠，還有爸爸，他們屬於這裡——雅夏心想。丹尼歐會回俄羅斯，那裡是他的地方。雅夏、他母親，以及法蘭西絲，以他看來，他們並沒有和某個**地方**相連在一起。他們是那種到處去的人，像他的貓從前那樣。

他母親眼睛閉上往後躺，做著日光浴。午夜過後，沒有日升日落時那樣漫天的光。天空簡單多了，比較不像舞台，而且看著她在那裡，曬著凌晨的陽光不發一語，竟沒什麼好訝異的。彷彿他們都逐漸醒來，身體醒來，但還在和夢境糾纏。他的母親，倚在她的石頭上，四肢展開，看起來毫無疑問是個女人。某方面來說，這一點雅夏不曾理解——他不知道她會不會刮腋毛或腿毛，梳妝台前放什麼乳液，裸睡還是穿著短褲，像法蘭西絲。不——他母親不會穿著短褲睡。雅夏想知道，他父親睡在他母親的身邊，是否感到快樂。他很難細數他父親現在的快樂，羊皮、木頭，以及他伯父單薄的銅釘。

在尋常的藍天底下，看來已是早晨，他們開始收拾東西。他們忘記鋪上毛毯，坐在毛毯上會舒服許多，一整疊毛毯閒置在卡車上。唯一還在地面上的羊皮放著點心，沾上咖啡。保溫瓶幾乎空了，塑膠桌也收拾好了，準備摺起來。雅夏知道，他們要帶回去的東西比帶來的少。拖車上什麼也沒有，還勾在貨斗後方。

豪爾德再一次坐上駕駛座，奧里雅娜坐在副駕駛座，丹尼歐自己坐在乘客座，雅夏和法蘭西絲坐在貨斗，只剩一張羊皮鋪在底下。卡車移動的時候，兩把鏟子也乒乓作響，往他們的腳和車廂兩邊掃過去。席格比藍坐在空了的拖車上，面對著法蘭西絲和雅夏。雅夏心想，席格比藍坐在那裡根本是在和他作對，要不是他在那裡，他說不定就敢牽她的手，但他現在什麼都不能做。

「我奶奶，」席格比藍沒來由地說：「在等我回家。我不知道她是不是不久後就會死。」

雅夏從沒想過席格比藍在維京博物館外面有個家，更不用說有個祖母。

「她幾歲了？」法蘭西絲問。

「八十七。」

「你幾歲了？」雅夏說。

「三十一。」席格比藍說。「你呢？」

「二十一。」法蘭西絲說。

「十七。」雅夏同時也說了。聽到法蘭西絲的回答，他補充了一句：「我八月就十八了。」

「我八月就二十二了。」法蘭西絲說。

他們的車緩慢地開上山丘，離開停車的地方，德國雷達站冰冷地閃爍著光芒，雅夏再一次轉向海灘。看起來像海灘，不像墳地。這是爸爸想要的，雅夏告訴自己，一點也不會不美麗——

「你母親幾歲？」席格比藍問。

「我不知道。」雅夏說，有些傻眼。「五十？」

席格比藍安靜下來。

「你母親提到去俄羅斯，是什麼意思？」法蘭西絲問雅夏。

「我不想談俄羅斯。」雅夏說。

「好吧。」法蘭西絲說。雅夏看見她臉上閃過一抹失望，不知如何重來。「話說，」她說：「我們的生日可能是同一天？」

「有可能。」雅夏說。

他們經過人頭雕像，經過漁艙，還有綿羊。泥路接到艾根路，卡車速度加快。豪爾德開車的時候和雅夏的母親在說話，但雅夏聽不見他說什麼。他們很快就會回到博物館，然後呢？他們早上就會離開嗎？原本還無法想像星期六之後的事，現在已經是星期日了。這夥人會四散，世界似乎迎接著他們，雅夏想要留在原地。

「那麼，你的生日是什麼時候？」法蘭西絲說。

「之後就會知道。」雅夏想要爭取時間。「可能在八月的哪一天。那天可能是，也可能不是我們共同的生日。」

「現在才七月。」法蘭西絲說。

「妳的穀倉幾個小時後就要審查了。妳之後會去哪裡？我哪裡也不去。」雅夏說得信誓旦旦，連自己都驚訝。

法蘭西絲也很驚訝。她微微往後躺，把頭靠在乘客座的後面，雅夏不敢轉過去面對她。他等著。

「我不知道。」終於，她說：「我九月要參加婚禮。」

「我要在維京博物館工作。」雅夏繼續說，焦急到連誰的婚禮都沒問。「他們這裡一定有什麼我可以做的事，而且誰知道我母親要去哪裡。」

法蘭西絲看起來還沒準備好要涉入細節。她依舊往後靠著，在雅夏的視線外。她沒有回答。

雅夏說：「我高中畢業了。」他不知道這件事有什麼好說嘴，她都快二十二歲了。

「我寧願留在這裡，也不願意回到沒有我父親的烘焙坊。」法蘭西絲不發一語。

席格比藍說：「如果我奶奶死了，我不會想為她挖墳墓。那會傷透我，我的手臂和我的心。最好燒了她，或找別人來挖。Ja，找別人來挖。」

雅夏站了起來，搖搖晃晃走在移動的貨斗上，跨過鏟子，雙手扶著貨斗，跳下卡車，站在馬路上。他的腿很長，沒有受到什麼衝擊。腳踝晃動了一下後開始走。他跟著速度像驢子的卡車，低頭，雙手插在口袋裡。

席格比藍在拖車上，轉身面對著他。法蘭西絲靠在他跳下去的那一側。

雅夏速度放慢，好讓自己和卡車距離更遠。車程只剩短短的一段，而他覺得謝天謝地，能夠單獨走上一段，不需面對法蘭西絲的沉默和席格比藍莫名其妙的話。這一晚難以想像地長。

倪爾斯站在停車場。他身旁是一個嬌小的金髮女子。豪爾德把車停好，幫奧里雅娜打開車門。他和倪爾斯拍拍彼此的肩膀。那個女人和奧里雅娜握手，雅夏慶幸奧里雅娜沒發現自己跳車。他的母親在發抖。法蘭西絲飛奔經過他，對著倪爾斯張開雙手擁抱時，雅夏幾乎追上大夥兒了。

雅夏追在她後面，但無法一起擁抱。當他們總算分開時，倪爾斯開始急促、低聲地說他無法入睡，決定再起來檢查穀倉的事。雅夏站得離兩人有點近，想引起法蘭西絲注意。

「我是雅夏的母親。」奧里雅娜對金髮女子說。

「芙莉達。」那個女人說。「助理廚師。」

「我們的廚師科特已經在準備早餐了。」豪爾德說。「芙莉達準備了今晚葬禮的點心。」每個人都記得有個葬禮。奧里雅娜抖得更厲害了。豪爾德從碎石子裡拿起雅夏丟下的毛衣，抖掉拖車上的灰塵，披在奧里雅娜的肩膀上。

「讓我帶您進去，奧里雅娜。」豪爾德說，帶著她往博物館去。

「我來清理這些餐盤。」芙莉達說，她快步走向卡車。丹尼歐跟著她，要幫她拿保溫瓶。

「你應該要休息一下的。」法蘭西絲對倪爾斯說。

「沒錯。」雅夏說，顯得過份殷勤。倪爾斯轉向雅夏，挑起眉毛，然後轉向法蘭西絲，說她有道理。

「我現在可以帶她回去療養院。」倪爾斯對豪爾德說。豪爾德剛抵達訪客中心的門口。「謝謝你提供法蘭西絲房間。」

「我的榮幸。」豪爾德說。他打開門，奧里雅娜跨過去。

倪爾斯慢慢走向他的車。法蘭西絲站在原地不動。雅夏站在她的背後，不能大叫，「別走！」他的腳步在地上重重地拖來拖去，攪和著上百顆小石子，希望這些聲音傳到法蘭西絲耳朵裡。

「我的東西都帶來這裡了。」法蘭西絲對豪爾德說。

雅夏看過她的房間——她的東西很少。一支牙刷、幾支她和倪爾斯的畫筆散落在另一張床上。還有她穿的黑色衣服。她沒有理由留在博物館，除非是爲了他。

倪爾斯停下腳步。

「你先回去吧。」她告訴他。「我待在這裡，我已經睏了。」

「需要的東西都帶齊了嗎？」倪爾斯問。

「我們會照顧她的。」豪爾德表示。他走向大廳，直往儲藏室。

倪爾斯看了雅夏一眼，雅夏閃躲他的眼神，看著自己的腳步在地上留下的痕跡。倪爾斯緩慢的腳步聲再一次揚起，這次聲音更遠了。

席格比藍把拖車從卡車上卸下，拉回倉庫。經過雅夏時，他停下來，把拖車的掛勾放在石子地上，雙手放在雅夏的肩膀上。

「你今晚超級棒。」席格比藍說。「我們會再見。」

「今晚如果沒有你，我們沒辦法熬過去。」雅夏對他說。

「我的榮幸。」席格比藍說。「確實，令人難過。」他嚴肅地說了晚安，匆忙把空無一物的拖車拉走。雅夏試著想像席格比藍的祖母，八十七歲，可能名叫琪塔，或者布蘿格。

倪爾斯的車子砰砰發動了。

「嘿，法蘭西絲。」雅夏說，「妳想要離開這裡嗎？」他覺得自己接住丟給別人的球，現在他要帶著球跑。

「離開這裡去哪裡？」她說。

「大廳。」雅夏說，「那裡有棵生命之樹。」

他們手勾著手，自然而然，走向大廳，雅夏覺得有點孩子氣。他們抵達門口時，雅夏鬆開手，幫她開門，攤開另一隻手臂，像個管家歡迎她，同時微微鞠躬。法蘭西絲咯咯笑了，雅夏臉色發白。

生命之樹就矗立在那裡，青銅色，枝葉扶疏。四個矮人，穿著各自小巧的衣服，依舊牢固地黏在天花板上。雅夏想起他母親說過矮人拉著天空的故事——他母親，人呢？他的腦袋浮現數個答案，多數和豪爾德有關。

「你來這裡做什麼？」法蘭西絲問。

「看看小矮人。」雅夏說，同時心想，這是笨蛋才會說的答案。法蘭西絲聽了茫然地點點頭。她轉身看著窗戶外的穀倉。再過幾個小時就要審查了。葬禮過後淡定的臉，轉而被壓力和憂慮取代。現在還不是時候。

「我得跟我母親說晚安。」他說。

「我瞭解。」法蘭西絲說。雅夏希望她的聲音至少會有點失望。

他們走向走廊。雅夏直往二十號房去，倒不是因爲知道他母親在裡面，而法蘭西絲走進十八號房。房門之間相距幾公尺，不太可能擁抱。

「晚安。」法蘭西絲說。「睡個好覺。」她消失在房門後。

雅夏敲了他母親的門。

「請進。」奧里雅娜回答。

雅夏還沒進過他母親的房間。他一打開門，看見他母親躺在一張大床上。他走近一看，發現她把兩張小床併在一起，一張鐵床、一張木床，高度相同，變成一張雙人床。她躺在床上，蓋著兩張疊在一起的毛毯，一張毛毯的大小適合單人床。她穿著一襲睡袍，優雅、高領、乳白色，圖案是花蔓。睡袍比雅夏認爲的母親還要端莊，雖然她覺得自己很端莊。他來到床邊時瞭解到這一點。

「我想念爸爸。」他來不及阻止自己就脫口而出。

「我也是。」她說。

雅夏說，「妳十年來都沒想過他。」

「我有。」她說。「但我忙著自己的事業。」對雅夏來說。「事業」兩字意味著麵包或性。「你會慢慢習慣父親不在的。」他母親說。她從頭上把髮夾拿下來，放在桌上，她的手錶、項鍊也在旁邊。「你沒有我——」她微笑，「也是過得很好。」

「妳怎麼可能知道？」雅夏說。

「現在，如果少了你的女朋友，你會過得好嗎？」她繼續，「難說。你打算怎麼做，親愛的？把那個女孩帶回布魯克林的家？她住在哪裡？」

「她不是我的女朋友。」

「天知道她想不想住在烘焙坊裡。」他母親說，伸手鬆開髮夾束起的頭髮。「但是爲了愛，也許，就像我一樣——想像兩個世代的女人，爲了愛搬進烘焙坊！」

「她不是我的女朋友。」

他母親在床上躺平，把棉被拉到胸前。她看起來既尊貴，又脆弱。「很好。」她說：「她不是。」

雅夏並不是眞的想吵贏這件事。

「我不知道爲什麼她不是。」他彷彿是對著自己說。

她回答：「你有一點像被蟲蛀了一樣。」

「我什麼？」

「有點遜。」他母親說。

雅夏看著蕾絲的領口像泡沫一樣圍繞在她嬌小的脖子上，然後說：「妳是婊子。」

他母親用手掌按著額頭，彷彿在量體溫。「你在葬禮說的話我聽見了，小大人。你不憐憫我，也不需要用更難聽的字眼。」她說：「我得睡了，豪爾德館長很體貼地送我進門，給我這杯茶——」她指向地上一個裝滿茶的馬克杯。「他早上有事跟我們說，我們九點早餐見。」

當時大約是凌晨三點，草地上滿是陽光。雅夏覺得他整晚都很沒用。他不知道怎麼幫別人泡茶，事實上他討厭茶，喝起來像香皂。而討厭茶這件事讓他更難親近。他完全不曉得早上的時候自己要做什麼，不像那個可憐的畫家和他漂亮的學徒，有件大事等著他們。

他母親床邊的桌子上，髮夾、手錶和項鍊底下躺著一張表格，標題是「離婚協議書」，上頭有他父親的簽名。

「我等不及看妳再度消失不見。」雅夏說。

「我想我會待一會兒，」她說：「討論細節之前……」她的手在文件上揮了幾下。「留在峽灣國家。」她說：「你女朋友呢？雅可夫，她要走了嗎？去剪個頭髮，」她說：「這樣你比較有機會。」

雅夏離開房間。在走廊上，他可以聽見科特在廚房切菜，芙莉達在說吸塵器的事。他走了幾步，發現自己停在法蘭西絲的門前。芙莉達在廚房打開吸塵器，轟隆隆的聲音讓雅夏有點受不了。他這下變得非常、非常累。他很逊。他一隻手靠在法蘭西絲的門上，接著是另一隻手靠上去，然後是額頭，緩慢敲了三聲門。一陣拉開門栓的聲音後，門開了。雅夏往房裡倒。他站在門檻旁，法蘭西絲正把第二張床上各種顏色的中性筆、芭蕾伶娜吊飾的項鍊、串珠項鍊、乾燥花項鍊、四把筆刷、還有襪子通通收好。雅夏看著收拾乾淨的床，脫掉他的鞋子後躺下。

山豬醒著，猛力地磨蹭圍欄。一袋蘋果剛丟進去，滿地鮮紅的顏色。雅夏睜開一隻眼睛，另一隻還想要睡。一條毛毯覆蓋他全身，他可以看見一隻腳掌露在外頭，沒有穿鞋。

那麼，是眞的。他意識中最後的畫面浮現——他敲門，某方面來說，是倒在法蘭西絲的門上，接著他在門邊把鞋脫了。他不能理解方才是出自什麼樣的勤奮，所以跑到她的另一張床上睡。他張開的眼睛轉了轉，慢慢地，看向左邊。

法蘭西絲在那裡，在她的床上。她身上也蓋了一件毛毯，但露出肩膀上兩條灰色的肩帶。雅夏現在完全醒了，法蘭西絲也是。她躺在她的那一邊，面對著雅夏，頭髮盤成髮髻。房間大約三米五寬。

肺部需要相當費力才能開口說話。他的身體有一部份深埋在毛毯下，而且可以說好似不存在；現實世界在剛才的四十秒內瞬間被壓縮了，只剩法蘭西絲的臉和肩膀，還有他的腳掌，以及山豬。他不知道法蘭西絲在想什麼。房間的寬度彷彿是設計好的，提醒雅夏他這一輩子，永遠不可能，碰到對面那個女孩的灰色肩帶。他想像他的婚姻生活在《我愛露西》黑白的房間裡上演。[11]兩張床分開，她的頭髮總是盤起來。

雅夏想要跨過去，和她一起躺在她遙遠的床上。他昨晚早該嘗試的事，假裝太累而無法思考，然而是假裝的，他完全能夠思考。他選錯床了。至少是對的房間，他這麼告訴自己。他當下想立刻站起來，但無法，因爲他的褲子。應該很快就沒事了。當他確認著褲襠外的襯衫有罩好，法蘭西絲拉開棉被，粉碎了房間的靜止。那不是胸罩。她穿著背心，還有黃色熱褲。「早，雅夏。」她說，走向床腳的洗手台。

雅夏想像自己身上貼著「哈囉！我的名字是——」的名牌，上面寫著「服喪的雅夏」

[12]，知道自己要貼好一陣子。

她的牙刷迅速經過水龍頭底下。「你真的很累。」她說：「睡得好嗎？」

她就在這裡，在他面前刷牙，這樣的親密簡直是極大的寵幸。他的眼神別過她的短褲，希望能夠快點站起來。她床頭櫃上的時鐘閃著九點〇九分。

「我們得去吃早餐。」雅夏說。

「早餐？」法蘭西絲聲音含糊。她把牙膏泡沫吐到洗手台。「眞是新消息。我錯過什麼了嗎？」

雅夏想要娓娓道來，從他母親的早餐計畫，一路回顧他坎坷的童年，還有他用地鐵卡疊成立體幾何圖形的興趣，但現在九點十分了，她穿著睡衣，他還穿著葬禮的衣服。

「我要去換……」他說，站了起來。底下不算太糟糕，他不需用皮帶遮掩。更棒的是，她沒發現他剛才在檢查。她仍然彎著腰靠近洗手台，雙手盛水漱口。她看起來像隻兔子，他不想離開。

「我馬上回來……去換件襯衫。」他說。「我來接妳。」他很高興這麼說。「我們一

11 譯注：一九五一—一九五七年美國黑白電視情境喜劇。

12 譯注：英文的「早晨」morning，音近「服喪」mourning。

起去。在禮堂的早餐，和我母親，還有豪爾德，他有很多話要對我們說。」

「如果我五分鐘內沒到穀倉，倪爾斯會哭的。」法蘭西絲說。她拿毛巾擦擦嘴，然後扣上背心外頭的襯衫，把雅夏喜歡的肩帶藏了起來。「官員一小時前就到了。」

「我忘記審查這件事了。」雅夏說。

「你可以轉過去嗎？」她說。

雅夏照做，聽著她的短褲落在地板上的聲音，絕對錯不了。過了一會兒，他可以轉回去了，看見她著裝完成。

「走吧！」她說，帶著他到門口。

雅夏想跟她一起去。任何他地方都去，毫不害臊地跟去。但是，雅夏不動，而她走向出口，往穀倉方向，倪爾斯站在那裡等待。

「我們應該留下來。」雅夏大喊。

「好啊！」法蘭西絲的聲音穿過她的肩膀。「我們沒別的地方可去。」她把襯衫紮進褲子裡，重新盤了頭髮。雅夏祝她好運，同時也祝自己好運。

豪爾德穿著星期日的衣服，坐在早餐的餐桌，一襲黑色的長上衣搭配白人的腔調，讓他看起來略像個牧師。奧里雅娜穿著絲質上衣，衣袖寬大。她和豪爾德面對面坐在一張三人的桌上。

「你們可以待到九月一日爲止，無法更久。」雅夏一坐下，豪爾德就說。豪爾德一手持刀、一手持叉，尖銳處朝上。

「你怎麼知道我想留下來？」雅夏說，聽到自己的聲音稚嫩得可憐。

「爲什麼是九月一日？」他母親隨即補了一句。

「雅可夫。」豪爾德說：「你母親和我談過。」

你母親和我！爸爸從來沒說過這種話。爸爸他——才剛埋葬九個鐘頭。爸爸自己都還沒分解，還沒完全。現在雅夏的姿態就像豪爾德：一手持刀、一手持叉，尖銳處朝上。

「法蘭西絲也想留下。」雅夏告訴豪爾德。「她和我在一起，我才要留下。」雅夏的母親輕拍了雅夏的手臂，露出驕傲的臉，他手上的刀顫抖了一下。雅夏想告訴她這和法蘭西絲沒有關係，但他也不確定眞的無關。

「每個人都可以留下。」豪爾德說：「直到我出發去波羅的海十二夜的郵輪之旅。」他說：「郵輪九月一日從奧斯陸的峽灣出發，也是維京博物館秋季閉館的時候。當然，」他繼續說：「這不是巧……」他轉向奧里雅娜。「巧……？」

「巧合。」奧里雅娜說。

豪爾德微笑，在空中揮揮他的叉子說：「奧里雅娜和她的英文。」他重說一遍。「這不是巧合，我都規畫好行程了。」

科特來到他們的桌邊，端著一盤盛滿肉的盤子。

「你必定想吃早餐了，雅可夫，經過昨夜的勞累。科特！」豪爾德說：「替大家分食香腸。」

科特先爲豪爾德上菜，在他的盤子裡放了四條香腸，分別是四種不同的褐色。他給奧里雅娜三條，給雅夏兩條。

雅夏正準備叫科特也把他的盤子盛滿，這時豪爾德說：「你的母親將要加入博物館的工作，扮演瓦爾基麗。」奧里雅娜的眼中流露出驕傲。「我們需要她的演出來重現神話戰爭的場景。雅可夫，」豪爾德說：「你可以一樣一樣選擇你想要的工作。法蘭西絲也是。我會按日計酬給你們。」我們需要有人照顧冰島小馬——他們又矮，又餓——還有廚房、打掃，偶而也有船的工作。」

「我們還沒準備要離開這個美不勝收的地方對吧，小大人？」奧里雅娜問。

雅夏慢慢地咀嚼，心不在焉。豪爾德後方的窗外，山丘頂上，四個審查員依序進入穀倉。他看不見法蘭西絲和倪爾斯。他想像他們歡迎官員，但都嚇慘了。倪爾斯對雅夏來說不再矮小，穀倉也不再無足輕重。倪爾斯展現自己的成果，法蘭西絲在他身旁。

「我沒想到你們都想待在這裡。」豪爾德說。

雅夏和他母親異口同聲：「我想。」

科特還站在桌子旁邊。他說：「柳橙汁？」豪爾德大聲說：「Ja。」

雅夏心中有很多疑問、控訴，不斷滋長，他在思考何時提出。有關曼哈頓的問題、布魯克林，還有秋天。有關九月以後，誰要定期來艾根探望，確認墓地完好無缺——如果他們還能在海灘上找到那個洞的話。有關冰島小馬的問題。有關法蘭西絲和倪爾斯的問題。

豪爾德看來很滿意。他的肉吃完了，肚子頂著桌沿。他雙手往左右兩邊伸，彷彿握著雅夏和奧里雅娜的手似的。雅夏的手反射性地握拳，但豪爾德只是讓雙手自然垂下，打了呵欠，然後說：「我很高興你們兩位都要留下。」

奧里雅娜說：「我相信瓦西里會很高興我們兩人待久一點。」

「不好意思。」雅夏說。他站起來，推開桌子底下的椅子，將餐巾整齊地對摺又對摺，甩在桌上。他走出禮堂，穿越大廳，經過世界之樹，走出博物館的後門。

雅夏還沒把整個博物館都逛遍。葬禮之前他不是吃就是睡，而他的房間之外就是遼闊的斯堪地那維亞。許多家庭都來參加博物館的活動。他沿著海灘走到廣大的射擊場。一個十歲的女孩正瞄準兒童尺寸的箭靶，使盡全身力氣拉著太大的弓。

雅夏站在遠方，以免小女孩分心。她發射——箭在空中飛了一會兒，接著掉到泥地上，還不夠接近箭靶。一個稍微大一點的男孩快步接近她身後，在一匹毛髮蓬鬆的小馬上戲弄她。一個女人從射擊場遠方過來關心她的孩子。她身後就是一條小徑，她奔向哭了的小女孩，同時，雅夏奔跑經過剛才那個女人所在的空地。他沒方向感，也沒地圖。他想要知道東西南北。他循著小徑蜿蜒而行，到了一間小屋。小屋前頭沒有門，倒是個完全開放的空間，煙從裡頭冒出來。

「超級好！雅夏。」席格比藍說：「早。」

服喪的雅夏，雅夏又叫了一次自己的名字。儘管如此，他看到席格比藍熟悉的二頭肌，握握他烏黑的手，鬆了一口氣。

「我們要留下來。」雅夏說，把煤灰抹在褲子上。

「誰要留下來？」

「我、法蘭西絲，還有我母親。」雅夏說：「我母親是新的瓦爾基麗。」

席格比藍把一小片鐵片推進燒紅的煤堆中。「法蘭西絲沒有要留下。」他說：「她妹妹要結婚了。在加州。」

「她有妹妹？」雅夏說。席格比藍點點頭。加州，是雅夏此刻所能想像最遠、最大、最溫暖的地方。

「婚禮在九月舉行，據我所知。」雅夏說。他在卡車後面時沒問他該問的問題。「她還告訴你什麼？」

「沒有。」席格比藍說。「紐約、她妹妹，還有加州。」

「你們很常相處嗎？」雅夏好奇，法蘭西絲是否看過席格比藍的家，是否見過他那個叫做琪塔還是布蘿格還是什麼的祖母。

「我幫她做了一根釘子。」席格比藍說：「她來的第一天。然後他和那個矮男人倪爾斯，跑去搭船了。你對那個女孩感興趣？看來她有幾個選項，歲數大兩倍，或小一半！」

「我並非比她小一半。」雅夏堅持。「我正好小她四歲。」

「Javel（噢，好吧）。」席格比藍說，用力對著底下裝飾華麗的風箱打氣。

雅夏聽得出席格比藍的意思。也許倪爾斯不是他的對手，也許他們兩人都沒機會。雅夏必須跟她說話，他必須看到她的灰色肩帶，在他心中，那已經成為古老神廟的支柱了，她就睡在裡頭。

「你伯父要離開了。」席格比藍說，從底下站起來。

「什麼時候？」

「你沒聽見計程車嗎？」

雅夏走出鑄鐵鋪，看見在停車場的丹尼歐。丹尼歐正把他的袋子塞進車子的後車廂。他穿越射箭場，快跑過去。

「我本想吃早餐的時候順道道別，但你離開了。」丹尼歐說。

「先別走。」雅夏說。

丹尼歐關上後車廂。

「我的店留給老鼠看管了。」丹尼歐說：「客人會以為我也死了。」世界上還有一個格瑞葛利歐夫烘焙坊，是創始店，他父親創業、向他母親求愛、在猶太辮子麵包塗上蛋黃的地方。「有空來莫斯科吧。」丹尼歐說：「以後不會再這麼悲傷了。」

雅夏同意。大家現在能承諾他的就是這件事，他不會再一次失去他父親了。那是一個隱含正面意義的想法，但乍聽之下仍然很哀傷。「總算是。」雅夏說。

丹尼歐大大的手掌按了雅夏的頭頂，然後把雅夏拉向自己，他的雙手輕輕地環繞雅夏。雅夏的臉頰貼在伯父的胸口，渴求著與僅存的格瑞葛利歐夫交流的時刻。丹尼歐放開他，坐進計程車。駕駛把車從停車場開走，雅夏看見穀倉的全貌，倪爾斯、法蘭西絲和四個審查員站在外面說話。

雅夏走進訪客中心，如此一來，當她回來時他就在那裡。他的手肘靠在樹幹上，面向大廳。在取餐的桌子旁，他母親站在一個一公尺高的平台上，身邊圍繞身穿麻布袋的女人。她們在她的背後別上翅膀。一個女人丈量她的肩寬，另一個梳理她的羽毛。他母親的頭幾乎要碰到發霉的天花板。她背對著他，影子延長到禮堂外，幾乎要碰到他的腳。她眞是巨大。

大廳的窗戶映照法蘭西絲的輪廓，她從穀倉跑過來，隨著她越接近，輪廓也越大。一位工作人員手上的別針刺到奧里雅娜的脖子。雅夏的注意轉向他母親的尖叫聲，而法蘭西絲急忙跑回她的房裡。尖叫停止後，法蘭西絲的房門「碰」一聲關上。雅夏跟著她往走廊去，敲門，沒有回應。她在裡面。他聽得見她的聲音，她在哭。他敲得更用力。她不回答。她哭得很大聲。「法蘭西絲。」他對著鑰匙孔說。她只是哭泣。他站著，手握著門把。大廳傳來一陣忙亂的聲音，而奧里雅娜，翅膀就定位，隨著女人們的歡呼，走下台，朝他所在的方向走過來。

另一個季節

七月八日，星期天，黃色小屋通過審查，而我父母對我妹妹婚禮邀請的答覆是「否」。KORO的官員離開後，我收到他們的電子郵件，他們說這是最終的決定。他們不能阻止婚禮，但他們可以拒絕參加。如果莎拉想要毀了她的青春，這麼年輕就結婚，嫁給一個白痴，甚至不是猶太人的白痴，他們說，那就由她吧！「青春」兩個字使我頭暈。我心想，他們對於那個十七歲，在我房裡睡了一晚的少年一無所知。他就要滿十八歲了，我對自己說。我試著打電話給莎拉，她不接。她的語音信箱也滿了。我打電話給她，雅夏敲我的門。我們兩人都努力不懈。最後，一個訊息傳來：我哭完了會打電話給妳。

所以我也和她一起哭。倪爾斯因爲KORO的肯定而大受歡迎：博多那裡有一個歡迎會正等著他，而且他打算利用夏天其餘的時間待在家裡的工作室，準備在特羅姆瑟的個人畫展。協助黃色小屋計畫時，我沒預期會如此成功。倪爾斯計畫幾天後就要拋棄我們的療養院。那裡不適合獨居。雅夏打算留下來度過夏天，他站在我的門前，想知道發生什麼事，想知道我的去向。我想要和他在一起，如此渴望，朗讀《送葬者的卡迪什》那一刻，我就明白了。但我的實習計畫嘎然終止，我不知道要怎麼和他在一起。過了一會兒，他停止敲門，我走出去時，他已經去餵小馬了。我一個星期沒見到他，我和倪爾斯必須打包在萊克內斯的東西。

倪爾斯在療養院的最後一夜，他打包好行李淨空了房間。我以前從沒看過他的房門開啟，感覺裡面一定很亂。現在打開了，房間空無一物，走廊上滿是箱子。從他的房間穿過走廊就是他使用的廁所，滿是衛生紙。倪爾斯還是會上大號的。我能聽見廁所的窗戶外，綿羊在停車場尋覓野草，牠們脖子上的鈴鐺輕搖著。

他準備回家，在更北邊的地方。他家在挪威本島最北的地方，離芬蘭一個叫拉布蘭的地方不遠。倪爾斯對於自己和薩米人的關係一直很神祕，薩米人是挪威原住民，馴鹿的牧人。倪爾斯幾年前曾主動學習薩米語，要不他的祖先也是薩米人，或者他有特別的興趣——他從來沒說明這一點。我當時希望他能和雅夏聊聊薩米人的事，我推測，倪爾斯認識歐莫。不管原因爲何，倪爾斯住的地方，眞的是萬物的頂端，離北角不遠，環繞羅弗敦的墨西哥灣流不及他的城鎮，冬天的時候非常暗，也非常冷，而他曾在那裡住過很長一段時間。

廚房裡，他的箱子旁堆著成疊的羅弗敦郵報，還有最後一瓶紅酒。我想把握住什麼，於是抓著冰箱的門把。我打開冰箱，倪爾斯拿走了他的魚芥末，裡頭還有很多我的褐色乳酪。

午夜太陽最純淨的季節就要結束，開始往永夜邁進。從現在開始，太陽會沉入地平線一個小時，那時候，天空反而會比之前更加明亮，不可思議。太陽升起時，又會比我們之前見到的稍微偏東。我們知道太陽並不會掉落得太深，在海水之下暗藏著一個太陽大小的籃子，很快太陽又會從中升起。渺小世界，浩瀚星辰。天空越來越不像天空，人們就像置身顏色鮮豔的熱氣球之中。

我拿著褐色乳酪和乳酪刀走進廚房的桌子，倪爾斯打開淡藍色音響蓋子。他的後背包掛在一個箱子和藍色紙張包裝的畫之間，他從裡頭拿出一張有聲CD，是克努特．諾格朗（Knut Norgaard）朗讀漢森的《維多利亞的祕密》（*Victoria*）英語版。現在是太陽沒入地平線下的時刻。頭一次，窗外的原野迷濛，玻璃倒映出我們兩人的影子。

「維多利亞。」克努特大喊。「維多利亞！」

我們搖晃著杯裡的酒。

「如果她知道，生命的每一秒鐘，他完全屬於她！他會是她的僕人和奴隸，在她來臨前親手清掃道路。他會親吻她精巧的鞋，引領她下車，寒風中為她的爐子添加鑲金的柴火，啊！維多利亞！」

當我看著倪爾斯，告訴他我超愛這一段，他竟然哭了，我大吃一驚。他在哭嗎？倪爾斯哭了，整個星球悄悄地暗了。克努特的哭嚎不斷從音響裡播送出來。太陽去了哪裡？地平線上還染著太陽的顏色。我知道倪爾斯能夠放下這些色彩離去。我想像壓克力顏料畫出的條紋。

我不知道倪爾斯回家的時候，有沒有人在那裡，等著他。他提過他年邁的父親和母親，一個有小孩的妹妹，還有靠近拉布蘭的房子，那裡的管線常結冰，很麻煩。他沒有戴任何戒指，也沒提到妻子，而我也開不了口詢問。我們一起吃過晚飯，只有我們兩人，在一張小桌子上，也許他從沒和一個女人那樣生活過，我想，或者很久沒有了。我們花了超多時間在他的褐色小車上，電台主持人說的挪威語會逗他發笑，我聽不懂，望向窗外，看到路上的野生動物而感覺愉悅。那是一段美好的鄉村插曲，也許他因爲回憶而感傷，或者預見即將來臨的北方寒冬。

克努特繼續朗讀。維多利亞和約翰尼斯有他們未成就的戀情，倪爾斯和我有我們未成就的非關戀情。我從窗戶上的倒影看見我的輪廓，和我妹妹的相同。我想像她站在格蘭尼太太的花園，牽著她丈夫的手。我父親站在他們背後，咆哮著讓人不解的話。我妹妹的臉上帶著堅定、頑固、深藏不露的表情。她的成就、她的戀情，又是什麼樣的？

結果《維多利亞的祕密》只是一篇短篇小說，但克努特讀完的時候，太陽又從地平線上升起，而倪爾斯也平靜下來了。我卻不平靜。我坐下來，撕著裝酒瓶的空箱子。

我們開始向對方承諾——一些微小、簡單的承諾：我會寫信給你，妳回來的時候我也會再來；也許到時候又是夏天，我們會去兜風，同時我會去哥本哈根的赫希施普龍收藏館（Hischsprungske），紐約的弗里克博物館（Frick），還會寄明信片，妳最喜歡的透納，你最喜歡的柯羅耶，一個男人和她的妻子、小狗，在月光下的海灘那一幅畫。他說，其他的畫家，在我們之前，就注意到了不起的光。[13]

凌晨兩點鐘，停車場已灑滿陽光。倪爾斯告訴我他會好好照顧自己。他得開十三個鐘頭的車。我告訴他我想要在挪威多待一會兒，看看我能否幫助雅夏從葬禮中恢復，直到太陽下山，眞正的下山，不再升起的時候。到時我會一路往西，到加州，到婚禮上，屆時就會知道太陽去了哪裡。我說我會寄一張舊金山的明信片給他，他看起來不是很想要。他想出發了。他在汽車後座鋪好軟墊，放上他的畫，再看一眼聚落藍色的外牆。我說了再見。我的雙手垂下，他環抱了我，壓住我的手，我無法抱回去。這樣就夠好了，我想，他要走了。

❖

雅夏學到油門是比較小的那個踏板，眞是奇怪。他也學會要怎麼坐進座椅，才會剛好把兩條腿放進去。他很討厭右腳要一直放在油門上，應該要踩一下就開，踩一下又關才對。而且沒有人需要這麼多面鏡子，他的左邊、右邊的後面從來沒有車子。他沒有說謊——豪爾德是說：「你可以載這些木頭到海灘上去嗎？」而不是：「雅夏，你會開車嗎？」

他父親從來沒有車子又怎樣？他總是得靠地鐵B線又怎樣？在維京博物館，靠的是卡車、拖曳機。豪爾德可以開車，席格比藍可以開車，而雅夏也盡他的全力。微光閃閃的馬自達是維京路上能容納最大的車，而他開車的時候，雅夏擔心全部的東西——木頭和其他東西，都會掉進峽灣的海水中。目前爲止，沒事。

路程從博物館的停車場開始沿著海岸往馬廄的方向，經過海灘旁的 lavvo。lavvo 是一個二十尺的圓形帳棚，雅夏把營火、豬肉，和鋪在長凳上的羊皮載到lavvo，準備舉辦宴會——「奧汀的勝利之宴」，遊客付費一千克朗；「巴爾德爾之夜」，五百克朗；「芙麗嘉的馬鈴薯餅」，則是小孩的生日派對。[14]沒有舉辦宴會的時候，他便把羊皮帶走，清理燒盡的煤灰，打掃宴會桌下的麵包屑。

這項工作某方面來說和他熟悉的工作雷同。之前工作的時候，他總會望著窗外的沙灘或大海，空氣裡添了一股大海的鹹味，晃動著光影。也像之前，地板上總是有麵包屑要掃。但沒有貓。雅夏想要他的貓；他相信在這裡，貓對他來說很重要。豪爾德太靠近他母親的時候過去咬他，用牠的尖耳吸引法蘭西絲，晚上睡在他的胸前。他想知道道布森先生是否收留了小賽，他是否爲他取了新名字。雅夏還有一些事要找道布森先生。他父親的訃文，他的貓的近況，格瑞葛利歐夫烘焙坊租約的終止。

距離他上次見到法蘭西絲，已經一個星期了，他錯過葬禮後親吻她的機會。現在，他父親的聲音每天晚上睡夢中都在他的耳邊低喃，問他：爲何不？爲何不？爲何不？

13 譯注：透納 Joseph Mallord William Turner，英國畫家，一七七五—一八五一。佩德．瑟夫林．柯羅耶 Peder Severin Krøyer，丹麥畫家，一八五一—一九〇九。

14 譯注：巴爾德爾 Baldur，北歐神話光明之神；芙麗嘉 Frigg，奧汀之妻。

雅夏開始卸下木頭。木頭是雅夏的三倍高，和路燈一樣粗，而每個 lavvo 則需要九根木頭才能搭起來。他們把木頭裝進貨斗載過來，開車時木頭伸出車外，使得駕駛更困難。木頭卸下貨斗後，他和法蘭西絲葬禮那晚坐的位置空了出來。爲了八月一日的鯨魚肉節，還得再搭三個 lavvo，比奧汀的勝利之宴還要特別、珍貴。屆時海灘上會有營火、肉、舞蹈、號角。席格比藍和豪爾德答應晚點會幫他一起搭 lavvo，只靠一個大人眞的很難搭起來。

「一個大人。」雅夏心想。「大人」這個字，現在常讓他想起他母親。她老說他，「小大人、小大人」，而她是唯一對他這麼說的人。她自己擺脫人類的兩種性別，快速進化成女神瓦爾基麗。她穿著戲服，在博物館的大廳走動，從遊客背後現身，唸著她的台詞：「奧汀派我來到這場戰役，而我將決定誰勝、誰敗！」他看過她嚇到一個成年人。雅夏還是用不上大人這個字，他自己不適用（他還要過幾天才滿十八歲），也無法用在他父親身上（死掉的大人還是人嗎？）他也不曾用過女人這個字，他只想得到用在法蘭西絲身上，但這只會強調她的年齡、他的年齡，她的成熟，以及他的不成熟，還有她的身體、他的雙手。

他伯父的雙手更大，更有力，但他早就回去莫斯科了。丹尼歐拿著他的袋子在停車場的那一幕衝擊著雅夏——彷彿丹尼歐來了又走了，袋子裡的東西完全沒動過一樣；彷彿他什麼也沒忘記帶走；彷彿沒留下任何人在沙裡頭。雅夏無法理解爲什麼要回去俄羅斯。俄羅斯對他而言只有離別：留住他母親的國家，殺死他父親的國家。現在回去那裡，無法倒帶他的人生，也無法取回他被奪走的。

木頭現在都從卡車上卸下了，看起來像在沙灘上的竹籤。木頭落地的角度不對，和水面垂直，海浪把木頭的一端打濕了。雅夏脫掉鞋襪。他把腳指頭伸進沙子裡，沙子不燙，高掛的太陽是冷的。他拖著一根根木頭，直到它們與海岸和地平面平行。海岸上的木頭看起來像他母親的空白樂譜。海鳥停佇，畫上音符。白色的木頭迎著陽光，雅夏心想，有沒有可能曬成古銅色，或是烤焦了。等他回來搭帳棚的時候，木頭會不會變成金黃色。他想著，法蘭西絲會不會來幫他一起搭帳棚。

雅夏幫法蘭西絲保住了十八號房。豪爾德在葬禮當天把房間給了法蘭西絲，雅夏希望法蘭西絲能待久一點——他發誓博物館有足夠的房間給遊客。他去拜託豪爾德，只要法蘭西絲爲博物館工作，就可以住在十八號房。豪爾德說好，直到這一季結束。豪爾德撥了法蘭西斯的手機，雅夏覬覦著那個號碼。他從豪爾德破舊的 Nokia 手機聽到法蘭西絲鬆一口氣的聲音。最後一件事，豪爾德問了法蘭西絲肩膀到臀部的長度，得幫她做新的麻布袋制服。

小馬在農場那頭等著吃牠們的晚餐——老掉的麵包，但他等一下才會去，他得先見她。他有預感她隨時會到。一隻小小的螃蟹從沙裡爬出來。雅夏踢了牠一下，看著牠飛進海浪裡。世界的頂端在水裡，就在那裡，沖刷著他和他赤裸的腳，沖刷著他父親，在棺木裡，在更前方的海灘。雅夏穿上他的鞋襪。他爬回駕駛座，他的鞋子在油門踏板旁掉出一些沙。

每一次他發動卡車，雅夏知道自己不一定能安全熄火。他有可能衝進峽灣，失去意識，卡車毀壞，引擎泡水。席格比藍會解開雅夏可憐、濕漉漉的安全帶，把他抬出來，背著他到鑄鐵鋪，想要用煤爐的熱度喚醒他，但是沒有用。雅夏想要葬在他父親旁邊，在艾根。他想要提出同樣的要求。他發動引擎。這是一台好卡車，他喜歡紅色的車身，於是他開上回去的路，前往博物館，歡迎她回家。

⁂

「拜託你們來。」我說。

「我們不會去。」我母親說。

「問都不用問！」我父親大吼。

「你們這麼做是在傷莎拉的心。」我說，但我知道「傷心」二字並不會嚇唬到他們。很難說我父母是否想過他們早已破碎的心，或者他們是否相信人還能承受更多。

「但是她在傷我的心啊！」我母親說。我嚇了一跳，她竟然這麼說。

我說：「我還是會去。」

「現在**妳**也要傷我的心？」我母親說。

「是妳先傷**我的心**。」我說。

「夠了。」我父親說。

對話暫停，我聽見有人敲門。

「請進。」我母親說。

我走過去開門。雅夏站在那裡，他的褲子都是沙，還有他的頭髮，更奇怪的是，眉毛也有。

「你都在幹嘛？」我問。

「木頭。」他說。「妳喜歡這個房間嗎？」

我謝謝他幫我向豪爾德爭取。若不是我父母正看著，我會立刻親他。

「格瑞葛利歐夫！」我父親說：「進來！」

「葬禮過後我們就沒看到你了。」我母親說。

「葬禮很順利。」雅夏走向螢幕。「法蘭西絲來幫忙。」

「喔，是嗎？」我父親說。「幫了什麼？」

「禱告文。」雅夏說。

我母親一臉懷疑。

「我唸了《送葬者的卡迪什》。」我告訴她：「雅夏的母親希望有人唸那個。」

我母親拿下眼鏡，雙手交叉在胸前，然後撐在桌上。她靠近鏡頭，近到我能看見她眼裡的血管。我從沒看過她這麼疲累的樣子。「猶太式的葬禮。」她說。我不確定她是否想起她母親的葬禮，幾年前，或者她自己的，幾年後，或者我妹妹的婚禮。

我母親接下來說，「娶我們的女兒吧。」

我看到雅夏的胸口向後退了幾吋，彷彿他的肺想離開房間。他看著我，然後看著地上的沙，他的頭稍微垂下，傾身看著鏡頭。他嘟起嘴唇，擠弄眉毛，彷彿有人開了一個玩笑，但他沒聽懂。

我母親八成在開玩笑，但她微笑著，是她非常認真時的微笑，接著她揮舞著眼鏡，像揮舞指揮棒一樣，非常興奮地說。

「她年紀和你差不多啊，你幾歲，十九？」我母親說。

「十七。」雅夏說：「而且我以爲法蘭西絲是二十一。」

「莎拉。」我母親說：「莎拉。」我對著螢幕目瞪口呆。「莎拉二十歲，而且不知道在急什麼，你看，就要結婚了。所以你看，她倒不如嫁給你，如果她要結婚的話——我倒寧願那樣，我寧願和你母親相處，好過和史考特的。我再告訴你一件事。」我母親現在拿著眼鏡直指雅夏。「史考特．格蘭尼的母親永遠不會要誰唸《送葬者的卡迪什》，我現在就告訴你。」

就連我父親看起來也尷尬。他尷尬的時候看起來很像哈波．馬克斯[15]，像哈波被抓到在褲子裡藏柳橙一樣。我喜歡看我家人的嚴肅態度崩壞。這種事會輪流發生在我每個家人身上。當我父母對彼此叫罵難聽的話時，莎拉會笑出來。當莎拉摸了客廳牆壁柯洛[16]複製畫的乳牛時，我父親打了她的手，我母親接著安撫她。當我母親叫雅夏娶莎拉，我父親則臉紅搓著耳朵。

「我知道你想出去了。」我對雅夏說：「你八成想出去了。」

「爲什麼？」我母親說。

「我得打電話給我們的房東。」雅夏總算設法對著鏡頭說話。「他一直幫我照顧貓。」

「那當然。」我父親說：「很高興見到你，格瑞葛利歐夫。」他說。

「你可以用我的電腦。」我說。

「還沒。」我母親說。「我們還沒談完。」

「我去用廚房的電話。」雅夏說。他已經退到我的門口了。「麻布袋很好看。」他說，站在門口看了一下我的制服。

「考慮一下。」我母親大喊著，同時戴上她的眼鏡。「你會吧？」

雅夏離開了。我蹲到地板上，一方面遠離鏡頭，一方面清理地板上的沙。外面是晴

15 譯注：Harpo Marx，一八八八—一九六四，美國喜劇演員。

16 譯注：Jean-Baptiste Camille Corot，法國風景畫家，一七九六—一八七五。

天，每一粒沙在綠色的地板上都清晰可見。我不懂為什麼綠色代表嫉妒。我從來沒有嫉妒妹妹，不會因為我牽手前她已嚐過法式接吻而嫉妒，不會因為我法式接吻前她已是史考特．格蘭尼的女友而嫉妒，也不會因為我被羅伯甩了的那週她正好被求婚而嫉妒。但我現在很嫉妒。我母親荒唐的建議使得地板特別綠。

「妳妹妹很美。」我站起來的時候，我母親說。「而且我很愛她，愛她愛到發狂。」

「她很好。」我說。「她沒有生病，沒有懷孕，沒有——」

「沒有什麼？」我父親說。

「她很好。」我說：「她很快樂。」

「我很不快樂。」我母親說。「我氣到爆炸。」她說得很小聲。

「來婚禮吧。」我說。「妳只能這麼做。妳會看見她，她會比妳從前看過的樣子更美麗。妳也會看見他們兩人，瞭解他們。把妳的眼鏡拿下來，好好看看他們，他們很好。」我想要說：「他們比你們更好，他們選擇相守在一起。說到愛，他們比你們更好。」但我只是說：「跟我一起去。」

「講那些只是廢話。」我父親說。

「去找那個格瑞葛利歐夫的男孩，跟他說我是認真的。」我母親說。「誰知道呢？說不定有其他辦法。可能不是他，也可能是他，可愛的鬈髮俄羅斯人。誰也說不準，不管怎樣，我還沒放棄。」

「我放棄了。」我說。「再見。」我盯著螢幕，尋找掛電話的按鈕。

「回家吧。」我父親說。接著他發現自己說錯話了。他環顧公寓四周，都是箱子。我知道我們都在想著他說過的一句話：**反正以後也沒有地方給妳們住。**

⁂

芙莉達坐在廚房，正在餵女兒吃母乳。雅夏突然出現。芙莉達的乳房很大，從襯衫的領口露出來，看起來要把襯衫給撐破了。她的寶寶金髮、嬌小白皙，和芙莉達一樣。她們簡直就是彼此的翻版。芙莉達，迷你芙莉達。乳房、襯衫、嘴巴、嬰兒小小的手。還沒人發現雅夏。芙莉達閉著雙眼，要不是她皺了皺鼻子，然後打了噴嚏，人家會誤以爲她在睡覺。她睜開眼睛。

「我忘記你的名字了。」芙莉達說。「哈囉。」

「雅可夫·瓦西里歐維奇·格瑞葛利歐夫。」雅夏說。「不好意思。」

雅夏忘記他進來做什麼，芙莉達也沒問。寶寶吸吮的聲音在安靜的房裡聽得很清楚。雅夏聽著、望著、盯著芙莉達的乳頭，寶寶的臉頰埋在裡頭。他完全忘我。

科特走進來，並說：「午餐時間！」

雅夏拍拍自己的嘴巴，接著說：「好，所以，對，電話。」

「電話？」芙莉達說。寶寶繼續。「在牆壁上。」

科特指著兩台冰箱的中間。雅夏躲進空隙後鬆了一口氣，撥了道布森先生的號碼。鈴聲很長。

道布森先生才剛醒來。布魯克林現在是上午七點鐘，雅夏知道自己打電話的時間這麼早嗎？早安，格瑞葛利歐夫。俄羅斯到處都是，那個什麼，薩莫瓦（samovar）嗎？[17]整個大道上少了格瑞葛利歐夫都不對勁了。道布森先生說。雅夏將話筒緊緊貼住自己的耳朵，聽著道布森先生的聲音背後是否有貓叫。他聽到電視聲。格瑞葛利歐夫，是薩莫瓦嗎？

雅夏希望自己事先打好草稿。有非常多訊息要傳達，接著可能也有很多問題要回答，但他都沒準備妥當。法蘭西絲的父母嚇到他，逼得他逃到廚房，芙莉達的乳房嚇到他，科特那一句「午餐時間！」也嚇到他，逼得他逃到電話那裡。現在是紐約上午七點。顯然法蘭西絲的父母是早起的鳥兒。道布森先生也醒了，而且在電話上。

「哈囉。」雅夏說：「我是雅夏。我父親不在這裡了。」

「老傢伙去哪裡啦？」道布森先生說：「去獵兔子嗎？」道布森先生的聲音在電話中有些沙啞，還沒完全清醒，而雅夏一邊聽，一邊看著寶寶柔軟的下巴將母乳吞進小小的喉嚨裡。芙莉達哼著歌曲，科特擦拭著爐面。「格瑞葛利歐夫，」道布森說：「老傢伙呢？店鋪的櫥窗不能就這樣空著啊！」雅夏又見到烘焙坊的櫥窗，擺滿了丹麥麵包，陽光照耀，連海風都能看見，海就在那裡，不是這裡的北極海，是美洲的大西洋，更大、更髒、更熱。「說是度假，」道布森說：「打個招呼，夠啦，時間到了。」

「我父親兩週前過世了，道布森先生。」雅夏說：「時間到了。」

道布森先生在電話那頭沉默，正好讓雅夏看著科特將所有的香腸翻面。他一邊快速翻轉，一邊看著雅夏。科特一直聽著雅夏的電話，抿嘴表示同情，直到阿格妮絲從後門直接進來，站在科特背後，捏捏他的腰。至少這個人不會和他搶法蘭西絲，雅夏看著。阿格妮絲把頭埋進科特的胸膛，她的臉朝左，正好看見芙莉達。芙莉達把寶寶的瀏海往上撥，看起來像噴水的鯨魚。香腸粉紅色的那一面朝下，露出金黃色的那一面，蒸氣和香味讓寶寶侷促不安，在烤爐的那一角，一堆洋蔥炒得焦香。即使一片安靜，雅夏還是沒聽見他的貓。

道布森先生表示很遺憾。他不敢相信——瓦西里．格瑞葛利歐夫。雅夏不太能承受道布森先生聲音裡真誠又聽得出的難過，這觸動雅夏的傷痛，將之從他心底掏出到皮膚表面。痛楚變得格外強烈，汗水、淚水都滴了出來。道布森先生從未如此激動。他一直是個率真、開朗，說話大聲、引吭高歌的人。即使那一次他父親遞給他一個剛從爐子裡拿出來的派皮，表面還很燙，道布森先生的中指和拇指燙傷了，他也沒放在心上，大叫一聲，然後就沒事了。他一直都很寬容、友善。**終於擺脫了！**道布森先生再也不能說那句話。是眞

17 譯注：俄羅斯的茶爐。

的嗎？「我無法相信。」道布森先生說：「那個傢伙。」

「我得請你發個訃文。」雅夏說。「我希望能刊在俄羅斯的報紙和紐約時報上。短短的就好。」雅夏說：「只需要說，他在世的時間，我們都很愛他，然後他死了。」

「雅夏，」道布森先生說。「好。」他說：「但是——」

「我人在挪威。」雅夏說：「我不知道我什麼時候會回去——取決於一個女生的決定。」雅夏說。

道布森先生說他完全不懂女孩的事，他也完全不懂紐約時報。

「十個字。」雅夏說：「傳過去，他們一定有發訃文的部門，對吧？就用寄的吧。十個字。瓦西里·格瑞葛利歐夫，深愛的父親，生前居住於俄羅斯與布魯克林，死於俄羅斯，葬於世界的頂端。我猜超過十個字了。你多加幾個字也無妨，道布森先生。」雅夏說。「你可以提到麵包。我希望下星期就可以刊出。」

「我可以處理，」道布森先生說。「誰來付錢呢？」

「我。」雅夏說。科特關掉爐火，靠在爐邊，看著雅夏說話。芙莉達看著，阿格妮絲刷著一對馬蹄鐵同時也看著。寶寶雙手伸向芙莉達的乳房。雅夏的手伸進口袋，感覺到沉甸甸的挪威克朗，大約二十元。

「還有一件事。」雅夏說。「我得把我的貓抱回來。」

「牠一直住在烘焙坊。」道布森說：「我沒辦法把牠抓出來。牠睡在櫥櫃上頭。牠把地板都舔乾淨了。牠不吃我放在外面的食物。牠喝水。牠進出我家，睡在烘焙坊，鬼吼鬼叫得跟什麼一樣。牠瘦了。紅色的項圈還在脖子上。」

「把項圈拿下來吧。」雅夏說：「你想勒死牠嗎？把項圈拿下來，栓上烘焙坊門底下讓貓進出的小門。牠一直待在裡面也不好。」。雅夏說：「我父親把食物都丟了。跟牠說我父親死了。」雅夏說：「好嗎？在你的客廳鋪一張牠的床。牠喜歡睡在油紙上。」

「烘焙坊怎麼辦？」道布森先生想要知道。雅夏站立的空隙只有約六十公分寬。他把電話放在肩膀上，雙手在兩側，各抵著一邊的冰箱。他很難想像自己怎麼會需要一個房間，自己竟能塡滿一間房間。他難道不能就住在這個空隙，六十公分寬、兩百公分高，整天住在陰影裡，每個小時出來到廚房找點東西吃就好嗎？

「得把烘焙坊租出去了，」道布森先生說：「沒有對亡者不敬的意思。」

「什麼時候？」雅夏問。

「一月一日，」道布森說。五年租約到期的日子。租給格瑞葛利歐夫多久了，十年，整整十年。一月一日得收回。第十一年的第一天。」

科特打開最左邊的冰箱，找出一條大鮭魚。

「我很希望讓你租久一點，」道布森先生說：「我很希望讓他租久一點，我很難過。」

「我會把東西清理乾淨。」雅夏說。「請發五十個字訃文，道布森先生。把貓洞拴上，項圈拿下來。」

道布森先生：「好的，格瑞葛利歐夫。」

雅夏把電話掛回牆上，踏出空隙回到廚房。芙莉達的襯衫平整地穿在身上。寶寶在搖籃裡睡覺。芙莉達把切好的紅蘿蔔拿給科特和阿格妮絲，他們把蘿蔔放在去頭的鮭魚周圍，準備上菜。雅夏離開廚房——除了熟睡的寶寶，每個人都目送他離開，穿過禮堂。

奧里雅娜坐下，彈著大廳的小鋼琴，用輕柔的假音哼唱著俄羅斯民謠〈卡琳卡〉（Kalinka）。今日的遊客，那些她宣告死亡或勝利的人，站著觀賞、聆聽，陶醉在俄語當中，彷彿那就是瓦爾基麗神秘、原始語言。

我傳了簡訊給倪爾斯，用了最類似英文的字。

（Are）Er
（you）du
（there）der?
（你在嗎？）

我對自己說：Er du der? Er du der? 等著電話嗶聲和他的回覆。我坐在床上。已經好幾天了，我都無法聯絡上倪爾斯。我每天早上都傳一通簡訊，但是，不像在療養院的時候，我能聽見他的電話發出嗶聲，聽見他走向電話，聽見他坐下輸入簡訊，過一會兒收到回覆——我沒收到任何回覆。我在想是不是我的英文和挪威文都變得無法讓人理解了。

我的第一封簡訊說：

（No）Ingen
（sheep）sauer
（here）her.
（Only）Bare
（pigs）gris.
（這裡沒有羊，只有豬。）

我不知道「山豬」怎麼講。我想念聚落停車場的羊，還有牠們脖子上響亮的鈴聲。某方面來說，牠們成爲我的朋友，但山豬並不是。野生的山豬不是任何人的朋友。維京博物館裡，沒有任何人和倪爾斯一樣平靜，雅夏也不是。倪爾斯似乎從來沒有失去任何東西——他也從不需要任何東西。他用生命研究一個顏色。那就是全部，也就足夠。我想念倪爾斯的魚肉晚餐，他的綠色啤酒罐，他的棕色鞋子。我想問倪爾斯，有沒有羊和豬圍繞他家的森林。他說過那座森林叫做胡帕斯科可安（Huppasskogen）。他說那個森林超級大，遍佈他住的半島，保護農地不受峽灣侵蝕，靈恩，靈恩峽灣（Lyngenfiord）。

他沒回覆我，我想可能是我挪威文的問題，於是用英文傳了第二封簡訊。

你到家了嗎？

英文的簡訊也完全沒回應，我又試了一次。

（I）Jeg
（am）er
（supertired.）kjempetrøtt.
（Time）Tid
（for）for
（Wine）vin
（and）og
（brown cheese.）brunost.
（我超級累。是時候喝酒和吃褐色乳酪了。）

什麼也沒有。和我寫了 Er du der. Er du der, er du der, er du der? 那天早上一樣。我的電話很安靜。我認爲，我覺得，像倪爾斯這樣難得的人走進一個人生命，他會留下。他會在重要的時刻出現：像是寶寶出生。這是倪爾斯叔叔。誰是倪爾斯？這位是倪爾斯。我們很久之前，在遙遠的北方認識。秋季某個星期五的晚上，我要去「黃的顏色」——倪爾斯在挪威國家美術館第一次的展出。這是他在藝術家聚落就開始創作的作品。帶著我的寶寶去看奧斯陸峽灣。我會寫信，寄到他住的地方，他又寄到我住的地方，不論在哪裡。在任何地方，我們都會想著對方，記得對方。

此時此刻，我所知道的只有倪爾斯的電話號碼。如果他不回覆，我就失去他了。我找不到他的房子，沒有門牌、沒有路名、沒有鄉鎮，在胡帕斯科可安的深處，我想像雅夏開車帶我去找，紅色的貨卡。我望著窗外尋找雅夏的蹤影。只有野生的山豬，還有海灘。我比初來乍到挪威時還要害怕。

湧進的浪潮說：妳爲什麼要來？

我來是爲了離開都市，離開屬於我的家。我抵達的時候，發現一個遍佈酸莓、狐狸、岩石，單線道公路沿著海岸線延伸的國家。我遇見了倪爾斯、雅夏、他母親、幾個假扮的維京人。我不屬於他們，他們也不屬於我。我再度望著窗外尋找雅夏。

後退的浪潮說：這裡沒有什麼讓妳帶走。

我想像雅夏無限期地待在維京博物館，然後我自己一人回家，打電話到博物館，席格比藍接起電話，豪爾德接起電話，但雅夏從不走近電話。雅夏變成另一個沒有回應的訊息。我的電話一片空白，放在窗台，黑色的螢幕倒映著雲朵。雅夏現在該從 lavvo 回來了。我走到我的另一張床，他現在睡的地方。他離我很近，卻又不夠近。我發現我的項鍊在床單上糾結在一起。我展開項鍊。我告訴垂掛的芭蕾伶娜：我不會失去雅夏。也許他的母親已經失去他了，也許他的父親已經失去他了，布魯克林失去他了——但我不會。這無關乎誰留住他。而是我想要他，想要他的臉龐靠近我的臉龐。

幾根鬈曲的頭髮在枕頭套上組成一隻海獺的形狀。雅夏是個人，活生生的人。倪爾斯本身是平靜，面對倪爾斯，是另一種不同的渴望。比較像一個人面對星辰一樣。想要他們的光芒，他們在黑暗中的安慰，清楚他們有多遠——我拿起電話寫了另一封簡訊。我想要說，拜託。但沒有這個字。唯一表達的方式是：

（Be）Var

（so）så

（kind.）snill.

（行行好。）

雅夏用盡全力踢著樹幹，希望能踢出一個洞。法蘭西絲搬進博物館已經兩個星期了，他卻無法靠得更近。法蘭西絲每天早上第一件事就是協助科特供應早餐；雅夏下午搭建lavvo，整晚都是宴會和表演；他們從來沒有同時回家。雅夏晚上總是把耳朵貼在他們兩人之間那一道牆，聆聽她的聲音，但她總是安靜——她狀況並不是很好。她父母的電話讓她忙碌，而且悲慘。現在她似乎又因爲倪爾斯變得不太一樣。有時候，當她的眼睛停留在他身上超過一秒鐘，他發誓她對他有所求，他發誓她就是要他，但他需要的，直接了當的邀請，卻遲遲未發生。

比克服自己的緊張更困難的就是除去她的緊張：她依舊帶著慰問的眼神看著他，努力給他安慰，對他說話溫柔，但他想要和她激烈、不溫柔地在一起。他不知道如何讓她相信，他完全準備好了，他是一個男人，不是服喪的人。

雅夏的運動鞋一下又一下踢著青銅色的樹幹，踢掉了灰塵讓樹幹更加閃亮。天花板上四個矮人向下看著他，而雅夏老早就希望他們下來跟他打一架，他想把他們肚子上小小的衣服撕破。雅夏唯一能弄破一個洞的是那張圖，就裱在一片薄薄的鐵片上。他踢了鐵片一腳，整片牌匾都裂開了。雅夏想起自己和母親曾唸出圖上的文字，還有他母親大呼宇宙的事。現在旅客得把頭歪一邊來讀了。雅夏看了接待人員的櫃臺，她午休還沒回來。

他走到那棵樹後面。接待人員的名字叫根恩，她打招呼總說「嘿嘿」，嘴巴老是張著，讓他覺得很不舒服。她回來後，他們兩人就得走到儲藏室，拿出榔頭把那塊牌匾扶正。他坐在大廳一把椅子上，頭倒向後面的牆壁。他一邊的耳朵碰到一個冰冷的東西，低矮的椅子和冰冷的耳朵讓雅夏想要理個頭髮。他希望有人搓揉他的頭，把頭壓進冷水裡。他轉過去看看那個冰涼的東西是什麼，見到一個門把。

也許那是掛外套的架子。椅子就抵著牆壁，後面不會是門。他把頭轉回來，他的耳朵靠了一會兒，把手變得較不冰冷。他搓搓自己的頭，想像剪刀喀嚓的聲音。耶芬理髮店總是播著賽門與葛芬柯（Simon & Garfunkel）。耶芬的手老是用力掐著他的頭，直到血流停止又再度開始。雅夏聽到禮堂傳來「嘿嘿」的聲音，根恩把盤子放進洗碗機鏗鏘作響。他睜開雙眼，看見生命之樹的圖斜著一邊看著他，像隻狗一樣。他站起來，聽見豪爾德對根恩講話的聲音。如果豪爾德和她一起來，雅夏開始想——那個把手必定是個門把。而且，牆壁表面隱約露出一條接縫，上下相隔九十公分，是兩個門軸。

門和椅子同寬。他把椅子拉開，站在門後，把門推開。裡面只是一座樓梯，向下。雅夏關上身後的門，數個星期以來第一次被真正的黑暗團團包圍。窗戶上的窗簾是多此一舉，沒有光線會從縫隙鑽進來。沒有日出或日落，也沒有天空常有的晨曦、黃昏。豪爾德和根恩接近大廳。雅夏仍然站在門後，椅子的後方。他們激烈地說著挪威語。根恩活潑的腳步聲急忙趕回禮堂。雅夏聽不見豪爾德的聲音，於是往下走了一步。步伐沒有發出聲響，他又往第二階放下另一隻腳。沒問題。他走到底，有一間房間，門開著。

他母親是對的：樹底下眞有一隻山羊，就在這裡。但她當時不可能知道這裡。雅夏發現自己就站在生命之樹的正下方，在三個樹根的中心。樹根看起來像被大廳地板砍斷，但其實以冰柱的形狀，往地下延伸約一公尺。樹根終止的地方是一張樸素的桌子，看起來幾乎就和雅夏房裡床頭的桌子一樣。桌上蓋著一塊麻布袋，像法蘭西絲穿的那種。桌子放在最短的樹根底下，而在桌上，雅夏看見一個模型屋，模型屋之上，是一隻山羊。房屋是用冰棒棍和卵石做成的。而那山羊，雖然雅夏不是很確定，但看起來像是褐色乳酪做的。

「格瑞葛利歐夫太太。」忽然傳來豪爾德的聲音。雅夏左右張望，以爲他母親和豪爾德也在地下的洞穴，或可能是無線電，某種聲音來源。但那裡沒有收音機，而且他感覺到頭頂上來自他們的重量。

「豪爾德館長。」他母親說。他一整天都沒和她母親說話，應該是從前天開始。她的聲音，可能因爲她長久的缺席，雅夏始終不感到全然地熟悉，聽起來如此柔和絲滑。她的聲音往地下向他吐露，卻不像穿過地板，而是更直接地，匯流而來。

「有件事，我想對妳說。」豪爾德說，此時雅夏看見樹根的末稍被切斷，是管狀的。豪爾德的聲音通過樹根清楚地傳達，雅夏不禁想到尿液從管裡滴下來，直接對準他的耳朵。「您容許嗎？」豪爾德說。

「親愛的。」他母親說：「您不是館長嗎？」

「鐵匠稱呼我館長，」豪爾德說。「您當然不必這樣。」

雅夏不知道豪爾德究竟想說什麼，不管他說什麼雅夏也不在乎，但他不能不聽。他爬進的洞穴只稍微比樹的體積大一些。他沒有其他出路，除非他要爬上樓梯，翻過根恩的椅子，介入對話——他覺得他可能得這麼做，隨時，如果有此必要的話。當然他母親能夠保護自己。他母親眞能保護自己？

「豪爾德館長。」她說。「請說。」

「我在妳身上很快樂，奧里雅娜。」豪爾德說。「我在妳身上很高興。」

雅夏和他母親都安靜了，而他感覺到他們兩人一起解讀著這兩句話，一個腦袋分別在地上和地下。這麼說很浪漫，儘管像是小孩子說的話。這意味著極大的付出，卻無所求。他的母親，平日總是反應過人，此刻卻尚未回答。雅夏急著想出一個答案，雖然他無從塞給她隻字片語——如果他對著樹根開口處說話，他的聲音會從枝幹傳出去嗎？

豪爾德說：「這麼問您，也許太快了。當然，您還在為您的丈夫難過。」

雅夏的眼睛湊向最長的樹根，但他什麼也看不見。他想看看她臉上的表情，他想看看她有多難過。

他母親說：「瓦西里才剛離我們而去，是的，在您規畫的莊重儀式中。」

豪爾德悶哼一聲。

「然而——」她說，拉長了而字。「我多年前離開了瓦西里。瓦西里與我的兒子。」

雅夏有話要補充，在後面加上：正確。這就是妳做的好事。雅夏彎腰去聞山羊，絕對是老掉的褐色乳酪做成的。他又聞了金屬的樹根，他發現照亮這個洞穴的微光，相對於漆黑的樓梯，和聲音一樣，都是從樹根末端來的。如果樹枝沒有，樹幹某處一定有個洞。爲什麼要蓋這個地下室呢？看起來像是爲了儲藏，但被人重建成某個不實用，但美妙的空間。他想帶法蘭西絲來看這個洞穴。他想和法蘭西絲在洞穴裡度過其餘的夏天。

「您的兒子是個好青年。」豪爾德說。「他一直愛著您。」

錯！雅夏幾乎要對著最長的樹根大叫。

「而我一直愛著我愛的男人。」他的母親說。

「奧里雅娜。」豪爾德微弱地說。

「我不會離開他，親愛的館長。」奧里雅娜說。雅夏從她的聲音聽得見她臉上的微笑，而且確定她一定把手舉到鎖骨前，把手指放在上面。像他母親那樣的女人對某件事感到非常確定時的舉動。「你聽見我兒子在葬禮說的話。我愛的男人住在翠貝卡。他的名字是伊恩．史東姆。」

「Javel（噢，好吧）。」豪爾德說。

她說：「我愛著伊恩．史東姆十年了。」

雅夏盯著英靈神殿的模型，同時看見烘焙坊的模型，狹小的窗戶面對著擁擠、濱海的大道，烘焙坊的櫥窗掛著麻花捲和貝果做成的「1」、「0」。道布森先生、學校的孩子、讀杜斯妥也夫斯基的傢伙都在那裡，全都是迷你的，進出英靈神殿衆多的門。雅夏在那裡，他父親也在那裡，在冰棒棍的宮殿中，破曉時分便開始揉著麵。他們把巴布卡麵包放到櫥窗的那些日子，她都在熱戀。她愛著某個人，隨便一個人，任何一個人，整整十年。

「原來如此。」豪爾德說。

「就是如此。」他母親說。她輕輕笑了，移動她的位置。雅夏頭上天花板的重量鬆開了。

她才是眞正的館長，雅夏心想。可憐的豪爾德。大廳一片寂靜，雅夏把耳朵靠到一根樹根旁。豪爾德沉重的腳步開始移動，不是往禮堂，而是走出博物館。他聽到面向海灘的門開了又關。他母親的靴子聽起來往走廊去，越來越小聲，朝向她的房間。過了一下子，可能一直躲在鬆餅餐桌後方的根恩快步走近，回到她的桌前。雅夏知道他現在從牆壁爬出來，一定會嚇到她。

他仔細地看了乳酪山羊。是手工雕刻的，而且某人花了很多時間塑造牠。山羊有兩顆圓滾滾的眼睛，橢圓的鼻孔，張著嘴吸吮著金屬的樹根。牠纖細的毛髮一根一根刻在乳酪上，短短的尾巴因爲吸吮的喜悅高舉起來，羊蹄較羊腿光滑。這是什麼——誰製作的——爲誰而做，雅夏不得而知。但作者深深爲山羊著迷。如牌匾所言，山羊站在英靈神殿之上。另一方面，英靈神殿的模型，裡頭是空的，眞的可以是格瑞葛利歐夫烘焙坊的模型。裡頭應該要有一隻迷你的貓，蜷曲在黑暗中睡覺。沒道理啊，褐色乳酪的羊和空蕩蕩的宮殿。沒道理啊，一隻貓睡在空蕩蕩的烘焙坊。

雅夏擔心如何走出去，他可以聽見根恩又開始工作了。很難解釋他的行為，更糟的是，如果根恩有八卦的嗜好，豪爾德下一秒鐘就會出現在大廳，詢問雅夏聽到什麼。雅夏再看一眼桌上的神話，爬上漆黑的階梯離開。他一腳踩上最底下的階梯，他想念這種漆黑。如果他和法蘭西絲有朝一日在這樣的漆黑中，他想，他們的身體將失去個別的形狀，自動結合——嘴唇、雙手、胸口對著胸口？他盡可能小聲地爬上去，所幸鋼鐵做的樓梯非常堅硬，並沒有發出聲音。根恩坐在她的桌前打字。雅夏站在門後，椅子後方，保持幾公分的距離。「嘿嘿。」根恩對著電話說。「嘿嘿。」雅夏小聲回她。

⁂

我在海灘上找不到雅夏。我看到席格比藍抽菸，還有來自瑞典的家庭，一家四口都戴著瑞典國旗的棒球帽。我看到豪爾德在海邊，不像平常那樣，看起來悶悶不樂。海岸的盡頭可見兩頂舊的 lavvo，第三頂新的還沒搭好。快要兩點了，雅夏今天可能吃得比較慢。我想，他可能在午餐餐桌旁逗留。如果他不在禮堂，我決定過去 lavvo 那裡，待在其中一頂 lavvo 裡頭等他。

他不在禮堂。沒人在禮堂。科特的鮭魚在餐桌上，幾乎沒人動過。我能聽見廚房門後芙莉達唱著詭異的冰島搖籃曲，總是讓我想起火山岩漿。平靜的一天。根恩在桌子旁，幫一個來電的人訂鯨魚肉節的房間。我想問她是否看見雅夏。根恩和我幾乎沒說過話。我走到訪客中心後方，在訪客的椅子上坐下——雅夏可能來的地方，但他不在。椅子往後滑，直到碰到牆壁。根恩拿著話筒抬起頭。

「Unnskyld（不好意思）。」她對來電的人說。「法蘭西絲，需要幫忙嗎？」

「我可以等妳。」我說。她回到電話上。她說房裡禁煙，床是分開的，但也可以併在一起。

「**法蘭西絲。**」牆壁說話了。「**把根恩引開。**」

我站直起來。

毫無疑問是雅夏的聲音，此外有很多其他的疑問。我站起來，用力盯著牆壁，什麼也沒看見。我靠近根恩，緊張地咧嘴而笑。她比著手指，表示「一分鐘」。我的手肘靠在櫃台桌面上。我盡量不回頭看牆壁。我不知道該怎麼對根恩解釋。「嘿嘿。」她說，然後掛掉電話。

「午茶時間到了，根恩。」我一副理所當然的樣子，她不懂我的意思。「我們喝杯茶吧。」我說：「等等他們就要清理禮堂了。」

根恩經常張開的嘴巴此時閉上，微笑。

「就這件事嗎？」她說。

我不需要她幫我尋找雅夏了，而雅夏，顯然有自己的需要，於是我說：「喝個茶不是很好嗎？」

根恩從桌上拿起一個馬克杯，倒過來。

「Tomt，」她說，聽起來像英文的「墳墓 tomb」，意思是「空的」。我尋找雅夏的時候，沒想到去瓦西里的墳墓，但也沒想到他會在牆壁裡面。「**去找那個叫格瑞葛利歐夫的男孩。**」我母親的聲音又在我腦中響起。我好奇雅夏是否又去了艾根，開著卡車去了墓地。根恩站起來，在肩膀上綁了一件毛衣。她臉紅了。我好奇是否任何人、客人或員工、男人或女人，曾邀請根恩喝杯茶。她有張嚴肅的臉，尖銳的聲音，而且她張著嘴巴呼吸。我從沒看過科特或豪爾德對她友善。她敬業地坐在她的桌前，敬業地吃著午餐，五點鐘回家。

我們跨越門檻，走進禮堂，根恩倒茶的時候，我往後方大廳瞥了一眼。椅子往前移動。接著我看見雅夏迅速從椅子後方出來，在世界之樹的樹幹掩護了一秒鐘，往博物館海灘方向的門跑了出去。

「伯爵茶。」根恩愉悅地說。

「太棒了。」我說，接過她遞給我的茶包。我們兩人都加了牛奶。根恩倒了半包蜂蜜進她的茶杯，剩下半包倒進我的杯子。我們各自用槲頭形狀的湯匙攪拌。她的電話響了。她「呃」了一聲，把湯匙丟進回收桶，對我點點頭，低頭吸了一口茶，她跑回座位上，沒潑出半滴茶。

「嘿嘿。」她說，有點喘。我追上她，學她那樣向她點點頭，拿著我的茶杯走向海灘。雅夏就在那裡。他坐在沙灘的中央，雙腿交叉。看到我出現，他站了起來。

「我要讓妳看一個東西。」他說，話語中帶著一股眞誠，自從他對他父親的棺木說「我很愛你」之後，我就再也沒聽過。「但我現在不能回去那裡。」雅夏說，看著大廳後窗裡的根恩。

「露西，」我說：「妳有很多事情要解釋。」

「妳也看《我愛露西》？」雅夏說。

「超棒！」我說。

「我們的床讓妳想起那齣戲嗎？」雅夏說。

我笑了。我想到我們的床，尤其是他的，還有我在他床單上發現的項鍊。我現在戴著那條項鍊，芭蕾伶娜垂吊在我的鎖骨中間。她在風中跳躍著，不斷重複我今天早上對她說的話：我不會失去雅夏。

「我要去餵小馬了。」雅夏說。

我說：「我可以去嗎？」

「**您當然行。**」雅夏用豪爾德的口氣說。我們都笑了，直到他的神情又轉爲嚴肅，於是他說：「豪爾德喜歡我母親。」

我說：「什麼？」

雅夏繞著博物館，走進廚房，小馬的食物在那裡。有幾秒鐘，我獨自在朝北的海灘上。世界的邊界逼近我，地平線就是終點。雅夏和我陰錯陽差遠道而來，邁向終點，或是頂端。我們正前往那裡。愛和地理學是同義字，皆意味著要我們橫越巨大的空間。雅夏帶著一箱麵包出現。我們走向停車場，把箱子搬上貨卡，往山丘上出發。

我注意到雅夏開車時並沒有調整任何鏡子，也不打方向燈，不倒轉。他的雙手緊握方向盤，到了發抖的地步，但這正好呼應他說話的樣子——他想說的話比他的嘴巴還快。

「豪爾德說在她身上很快樂高興，真的快樂又高興——他兩個都說。」雅夏說：「我不知道他什麼意思，好像是：『我在你身上很快樂，奧里雅娜』。」

「他們都這樣說。」我說：「這就是他們表達的方式。」

「說什麼？」

「我愛你。」要命。「挪威語的我愛你。」我說，盡量跟上我嘴巴的速度。「挪威人說，我在你身上很高興。」

雅夏沒說話。

「Jeg er glad I deg.」我說：「glad 意思是高興。」

「豪爾德在我母親身上很高興。」雅夏說，第一次把頭轉向右邊的我。然後他的頭又猛地轉回路上。

「妳母親在他身上高興嗎？」

「不。」雅夏說，他緊握方向盤的手鬆了。我等著他接下來要說的話，我可以看見他開口，有點困難地打開喉嚨。「伊恩，」他說。「她爲了那個男人離開我們。自從她離開我們後就愛著那個男人。」

七匹小馬脖子伸出柵欄等著我們。雅夏停車，花了一點時間確認方向盤，拔出鑰匙，猶豫了一下，放進他的口袋。我一看就知道這是一個不會開車的紐約客。但他才在說他母親離開他們的事，我不方便拉起手煞車。

「我不認爲她有那個能耐。」雅夏說，並且打開他的門。我們下車，繞到卡車後面。我送了一條吐司進去，麵包屑從我的手指間掉落，像顏料一樣。「麵包眞的很老。」雅夏說。「希望咬起來口感不錯。」

我根本沒想過他們咬起來會是如何。小馬不是白色就是黑色，冰島品種的招牌鬃毛讓牠們看起來像披頭四。牠們的馬尾和牠們的短腿一樣長，甩動的方式從馬蹄到臀部，像個C字。白馬有著灰色的尾巴，看起來像老女人的馬尾。雅夏把第一條吐司丟進柵欄，最靠近他的馬張開嘴巴銜起整塊麵包，走到茅草堆的一處嚼了起來。

我又丟了一條進去。兩匹馬一左一右各咬走一半。牠們互相合作，也都很餓。我想念我的妹妹，她一定知道怎麼幫馬剪毛，抓虱子、清潔牠們的眼睛。雅夏丟了第三、第四條吐司進去柵欄。當我把手放在一匹黑馬的眉間時，電話響了，是我妹妹。

「我才正在想妳。」我說。

雅夏抬頭看我。

「她。」我指著電話，然後覺得自己很殘忍。

「我的狀況很糟。」我妹妹說。

我離開柵欄，走向農舍。後方「砰」的聲響表示雅夏連續丟著麵包。我能聽見他謝謝兩匹馬兒一起分享。

「一定的。」我說。她的訊息已經說了，她停止哭泣的時候會打電話給我；已經好幾個星期了。現在是七月的最後一天。距離婚禮還有五週，而新娘的父母老早就退場了。我希望史考特表現得比以前更好，我希望他給我妹妹滿滿的關愛。我希望我父母的缺席對他來說只像一根丟到他身上的樹枝。

「我會去。」我說。我知道我妹妹並不擔心我。她想知道他們的消息，她想要聽到他們改變心意了。關於他們，我只能說：「我跟他們說我會去。」

「我很害怕。」我妹妹說：「我感覺很不好。」

「什麼樣的不好？」我說。

「我就要溶解了。」她說。

我妹妹聽起來很微弱——她的聲音讓我想起三年級圖版遊戲的符號和骰子，我父母的沙發床收進去後露出波斯地毯，她坐下聽著遊戲規則時，她的腿——向來都比我長的腿，從學步開始就是——從膝蓋彎曲，變成一個大三角形，我編著遊戲規則時，我雙腿彎曲比較小的三角形晃動著。我想像把那樣的妹妹縮小，放進一杯水中，看著她溶解，好像她就是糖一樣。我不應該離她這麼遠。我不應該離小馬、鐵匠和挪威的海這麼近。我應該在中央公園，在我妹妹章魚圖案的防水野餐墊上。修剪她的頭髮，抓她的虱子、清潔她的眼睛。

「妳又大又結實。」我說。「妳在哪裡？」

「歌德咖啡。」她說。

「洋蔥圈？」

「還有蛋。」

「眞美味！妳聽好。」我說。「妳什麼時候要飛？」

我妹妹沒回答，接著我聽見歌德咖啡那個一百三十多公斤的老闆向她要剛好的零錢。我抬頭。雅夏已經丟完所有的麵包，自己爬進柵欄裡了。他膽怯地站在四散且正在咀嚼的小馬之間，像個稻草人，看著我，然後又看看小馬，確定小馬吃著食物。洋蔥圈對牠們的牙齦比較好吧，我心想，看著動物們賣力地翻動嘴唇，咬著又老又硬的吐司。我妹妹回到線上。

「我的機票和妳一起。」她說。「還有媽和爸。他們是不是取消了，妳知道嗎？史考特可能會先飛回去。」

「他爲什麼要先飛回去？」

「史考特也很難受。」

我不知道這樣婉轉的說法是什麼意思？

「告訴史考特，我想和他說話。」

「他沒和我一起出來。」她說。「他在家。」

我看過「家」這個字瓦解。發生在我們樓下的鄰居莉莉身上，她是我們公寓主委的女兒，她成長的公寓裡，她父親就是國王。十歲的時候，她搬回斯洛維亞，因爲她祖父快過世了。這也發生在雅夏身上，兩次。一開始是俄羅斯，後來是烘焙坊。兩個都沒了。也許不是沒了，但都變成他鄉——因爲距離、因爲缺席、因爲過去和現在錯誤的結合。當莎拉說「家」，我遍尋錯誤的答案——她不是指我們的舊公寓，也不是我父母個別的新公寓，不是我的十八號房——於是我知道，瓦解也發生在我們身上。

「媽沒提到機票的事。」我說。「如果他們取消他們的，我們就買我們自己的。」豪爾德得幫我多找一些工作。也許他會安排我去染羊毛。

「我希望他們來。」她說。我也希望。況且，被他們拒絕，遭受如此無情的傷害，她仍然希望他們參加，眞是不可思議地仁慈。而我，則希望她得到她想要的。

「莎拉。」我說。「妳要嫁給他？」

「我願意。」她說。「可惡，法蘭西絲，我婚禮前不能說這三個字。」

「國際電話會免除我們的霉運。」我說。

她說：「我愛他。」

「那麼剩下的就是貓。」我說。「還有公寓。」我做出了雅夏的母親在葬禮上作出的手勢。

「我得掛電話了。」我妹妹說。「法蘭西絲。」她說，「婚禮很簡單，我們沒有很多時間規畫。我們也希望簡單就好。我沒有伴娘，沒有華麗的布景。但是，如果爸爸不把我交給史考特，誰來把我交給史考特？」

我不知道，所以我說：「我們之後再討論。」

「也許史考特的父親願意。我們還沒告訴他父母關於我父母的事。」

「也許史考特的父親願意，但妳現在先不用下決定。」我說。我父母也許會回心轉意，我想。每個人都還有五週。「回家吧。」我說。「去睡一覺，等妳醒來，又是新的一個月。」

「掰。」她說。「好的，掰。」

小馬現在自己在柵欄裡了，麵包都吃完了，雅夏回到駕駛座，用大拇指快速旋轉著鑰匙。席格比藍的拖曳機在牧場周圍的土地上深深鏟出幾條小徑。我沿著其中一條走到卡車，在黑色和白色的小馬旁，卡車的紅色更加顯眼。我坐上車，雅夏把門上鎖。在狹小的車廂裡，我們聽不見馬兒踏步或粗馬尾拍打柵欄的聲音。雅夏把鑰匙插入引擎，但沒有打開。我們安靜坐著。後來我們談起當時，都說那是無法承受的安靜。

法蘭西絲和雅夏一從小馬那裡回來後，科特便指派她準備披薩。科特說他們需要桿七十個餅皮。法蘭西絲跟著他走進廚房，鬱鬱寡歡。雅夏很高興逃過了麵團的工作——酵母的氣味會讓他很難過，他想，也許他們也知道，所以派他去搭 lavvo——但 lavvo 又高又重。最糟的是，他們從海灘回來後，豪爾德抱歉地說明天早上的活動很早就要開始，很晚才會結束。法蘭西絲睡了。

她的房門打開，雅夏輕聲進去她的房間。他很高興又進入這個房間，而且很想叫醒她。但他沒有叫醒她，他也沒有刷牙，可能會把她吵醒，然後他又在她的第二張床上睡著了。他們背對背睡著，面向牆壁。

到了早上，他很焦躁。她先起床，然後外出。她竟然和他一樣，沒有叫他起來。他打開門，把頭探到門外。到處都是人。他關上門。今天是八月一日，今天是鯨魚肉節。今天是他媽的鯨魚肉節。他穿上他放在床邊的褲子——豪爾德拿給他的藍色寬大工作褲，搭 lavvo 穿的。他覺得自己像餅乾怪獸。外面有一個小孩大叫：「豬！豬！豬！」

打開大廳椅子後面的門是不可能的，今天一整天都會有訪客向根恩辦理住房。雅夏站在兩張床中間。他蹲下，用手指勾著床的鐵架，把床拉到房間另一邊，發出尖銳的聲音。他把自己困在兩張床之間，於是爬過他的床墊——他還沒穿上滿是沙子的鞋子——然後伸出雙手，推著兩張床，直到靠著牆併在一起。完成。

他關上身後的房門。大廳裡，剛才一直大叫「豬！」的孩子，一家人正在辦理住房。男孩的母親把他抱到胸前。這家人從英格蘭來。很難理解他們對科特的鯨魚披薩有什麼期待，很難想像被抱到母親的胸前。根恩對他們說，床是分開的，但可以併起來。

雅夏看著根恩，等著她對他眨眼，或者任何暗示，表示她聽見他的床唧嘎拉過地板的聲音——沒有。全部的費用，她繼續說，需以克朗支付。她拉出一張英鎊兌換表。她的身後，禮堂滿是剛烤好的鬆餅，披薩要晚上才會準備好——鯨魚肉得經過醃漬、火烤、切塊——但廣告上說這是一整天的活動，流程從早餐開始，接著是席格比藍鋪裡的鑄釘活動。芙莉達負責早餐，她站在禮堂的中間，爲每個遊客壓出五個心型拼成的鬆餅。餐桌上，每個客人切開鬆餅，一顆心接著一顆心，先把底下的銳角咬掉，接著把上頭的圓弧沾進裝著陽光莓果的碗裡。

跟我走吧，妳這陽光莓果。雅夏走進廚房，嘴裡演練著。穿過這扇門，往下走——

法蘭西絲打開廚房門。她穿著她的麻布袋制服，上頭潑灑了蕃茄醬。

「嘿！」雅夏說。

「我不知道你怎麼辦到的。」法蘭西絲說。「再讓我看到麵團，我就要吐了。」

「我知道一個地方，妳可以躲起來。」雅夏說。

「給我八分鐘。」法蘭西絲說。

「現在幾點了？」科特說。

芙莉達甩上門說：「我再也不要烤鬆餅了。」

席格比藍從後門進來說：「該生火了嗎？」席格比藍對著法蘭西絲微笑，雅夏不是滋味地看著席格比藍在這裡，他的胸膛和皮革圍裙，而我在這裡，雅夏心想，穿著餅乾怪獸的褲子。他和我之間，雅夏想著，如果讓法蘭西絲選擇，難道她不會選擇他嗎？而且難道席格比藍，盯著法蘭西絲像盯著燒紅的煤塊，不會樂意給她機會嗎？

「每個人都出去。」科特說。「席格比藍，」他說：「生火。」

法蘭西絲對著席格比藍笑了。

「超級好。」席格比藍說。

雅夏覺得反胃。這些名字奇怪的男人，每當他們高興的時候都會說「超級」，永遠不會停，雅夏還得和他們全部的人作戰。科特指向前方，所有人都動了起來。席格比藍從口袋中掏出兩把引火柴，在法蘭西絲面前表演，應聲折斷。法蘭西絲又笑了。雅夏看著她笑。他心想，在洞穴裡，法蘭西絲的選擇只有山羊，或我。

芙莉達跟在席格比藍後面，後面又跟著法蘭西絲和雅夏，眾人穿過廚房的門魚貫而出，走到禮堂中央。

「各位先生女士。」席格比藍大呼。「輪到我們了！」

有幾個訪客笑了，大家都抬起頭。

「請跟隨我到鑄鐵鋪。」席格比藍開始走向大廳外。

訪客們聳聳肩，從椅子上站起來，把吃了一半的愛心留在桌上，帶著他們的夾克，促擁著小孩，跟著席格比藍走向後門。禮堂空無一人，這是第一件事。第二件事比較困難，就是根恩。人群跟著席格比藍穿越大廳，經過根恩的桌子，她嘴巴張開看著他們，很愉悅。接著，彷彿她也是雅夏計畫中的一部份，她站了起來，跟著他們走到海灘。門在她身後關上。雅夏聽見席格比藍指揮方向，往海岸走下去，而科特在廚房切菜，法蘭西絲站在他身旁等著。

「快！」雅夏說。他跑到大廳，法蘭西絲跟著。他踢開牆邊的椅子，推開門把，先叫法蘭西絲進去，自己隨後也跳進去，火速把門關上。確實如此——黑暗改變了他們的身體。一開始，他看不見她，但他知道她站的位置，從她的溫度，比空氣高的密度，以及恰似從指尖發出的電波，無法壓抑。他必須選擇要一口吞下她，還是一寸一寸地發掘——他們此刻完全只屬於彼此，看不見帶來的方便。法蘭西絲開始摸索四周。

「這……是……衣櫥嗎？」她說。

「不是！」雅夏說。他找到第一階階梯，開始往下走。法蘭西絲一隻手搭在他的肩膀上，猶豫地下樓。

微弱的光從樹根的洞透露出來，照亮宮殿和山羊。山羊的姿勢還是一樣，仰首，吸吮著最短的樹根。除了微弱的光，沒有任何東西從樹根流進山羊的嘴裡，但山羊表情滿足，從牠翹起的尾巴可見幸福。雅夏轉向法蘭西絲，她的雙唇微開，彷彿要說什麼。

她看著覆蓋桌子的厤布，又看著自己身上的。她摸摸桌上的厤布，宮殿搖晃了一下。她縮回手，看著雅夏，抓著自己的制服。法蘭西絲舉起雙手，把厤布袋拉起來。她把厤布袋拉過頭，底下是一件黑色的胸罩。她解開胸罩。樓梯後方的黑暗讓她看起來像個鬼魅。

鬼魅；法蘭西絲的肌膚；山羊張開的嘴；芙莉達的寶寶張開的嘴；吸吮；發亮的烤爐；山羊吸吮著樹根；法蘭西絲的輪廓。雅夏向前走了一步，彎下膝蓋。他的膝蓋著地。他張開嘴巴，讓其中一個乳房進去。他雙手各扶在一邊的腰上。她的手停靠在他的頭上。他張開嘴巴，感覺到乳房的重量抵住他的舌頭。他從鼻子呼吸，她向前傾。他從她身上抽離，直到他的嘴巴恢復原狀，又親吻她的乳頭。他站著。

他們接吻的時候，法蘭西絲踮起腳尖。她的雙手始終環繞著雅夏的頭。他的雙手環繞著她的腰。他們輕碰著嘴唇，直到嘴巴張開來。

我穿上有蕃茄醬污漬的厤布袋，快速離開地下室，根恩剛好要回來。雅夏帶著我們兩人往卡車去。我們轉了一圈開出停車場，直往維京路上。雅夏越開越快，彷彿想縮短沉默的時刻。雅夏笑著。我們往瓦西里的墳地開去。

五個 lavvo 全都等距站立在沙灘上，面前各有一座營火。雅夏搖下窗戶，稀疏的煙味飄過綿長的海岸，注入微風中，聞起來像木頭和鹽水的味道。我的頭往後靠在椅子上。隨著我們的速度加快，窗戶送進的風也更強。雅夏揉揉眼睛。我才剛親吻了那隻眼睛，我心想。艾根映入眼簾。

人頭的雕像在基座上，從陽光照射的亮點看上去特別禿。我想是那個頭讓雅夏開口說話。我們靠近雷達站的時候，他轉向我。

「妳回家之後要去哪裡？」他說。

「好問題。」我說。「我不知道，父母要搬走了，莎拉要搬走了。我想去上一個紐約的繪畫學程，但我不知道要住在哪裡。我想我還有九百美元在我的戶頭裡，但回去的火車票會用掉不少。」我想像農田倏忽經過火車窗戶的畫面。「其實，」我說：「我不知道。」

「如果——」他提高了音量。我們抵達了。

我轉向他，欣賞著他的頭髮在耳朵上頭飛著，看著他試著停車，看著他忘記怎麼停車。他盯著鑰匙，伸手握著，猶豫的一瞬間，腳底往油門踩下去。卡車加速衝向基座。基座倒下，雕像鬆脫，朝我們滾過來。人頭掉落在引擎蓋上，撞出一個凹洞。安全氣囊鼓起，將我們用力往後推。雅夏的手還握著方向盤。

雕像的基座，現在顯然陷進沙裡，朝海面歪斜，撞凹了保險桿。

「你沒事吧？」我問。

「妳呢？」雅夏問。

我們兩人都往後傾，避開安全氣囊。我們怕什麼？基座底下裸露出來的長釘，原本像脊椎將頭像牢牢固定。像我們的脊椎。我們的紅色卡車撞上雕像基座，紅色的車身更符合災難的場景。煙霧，不是遠方營火的。引擎發出嘶嘶聲。什麼安慰著我們？嘶嘶聲？像雲朵的安全氣囊？海灘上的光？我們總得打個電話給誰。

我們睡著了。我和雅夏談起這件事的時候，總是百思不得其解。有時候，我們承認之前在地窖發生的那一件事已經累積太多精神壓力。結束之後，鬆綁我們的身體，也耗盡我們的精神。有時候，雅夏會歸咎於前一天晚上他搬了太多 lavvo 的木頭。我聊起我妹妹，還有她的情況造成我那幾天的失眠。其實是風讓我們睡著的。其實是海灘上的太陽，以及如此貼近的彼此。

席格比藍打開我的門，於是我醒了。他看著雅夏，雅夏還在睡。席格比藍伸手越過我，捏住雅夏的鼻子。雅夏醒來，並且大叫。

「你在幹嘛？」我說。

「確定他還呼吸。」席格比藍說。

「他還呼吸！」我發現自己脫口而出。

「妳流血了！」席格比藍說。

我低頭一看，一度相信他說的。蕃茄醬是紅色的，而潑灑的形狀隨意又自然。我不知道我們睡了多久。我記得撞車，或者說我看到擋風玻璃外頭，想起這件事。雅夏打開他的門，往旁邊退出車外，避開席格比藍。我也下車。

「是蕃茄醬。」我告訴席格比藍，但他抱著我，還有那顆人頭雕像，走到他的拖曳機。我從席格比藍的肩膀上回頭，看見雅夏緊跟著我們。貨卡依然在那裡，鼻子卡在基座上。

「披薩的醬汁。」我們三人在拖曳機的車廂裡坐好後，我開口。

席格比藍沒在聽，他讓我抱著大理石的人頭，發動車子，接著說：「我在 lavvo 那裡，然後我想，雅夏眞是沒用。今天是節慶，他知道時間，也知道我們在等他。他一定是在和法蘭西絲親嘴。我覺得。」席格比藍說。

我說：「你眞那麼想？」

「我告訴館長我要去找雅夏。」席格比藍說。

雅夏在後座，低著頭。

「沒有人在十六號房。沒有人在十八號房。沒有人在二十號房。科特在廚房，他沒看到你。芙莉達在洗鬆餅的烤盤，她沒看到你。根恩沒看到你。根恩問法蘭西絲在哪裡，我就知道了。他們一定在親嘴。」

我們正在返回博物館的半路，而且我想他們把鯨魚肉加進營火了，因爲 lavvo 飄來的煙更黑、升得更高了。

「所以我繼續往上開。啊！我想。」席格比藍往上伸出手指，碰到一個按鈕，把拖曳機的犁升了起來。「他去找他父親。於是我就原諒你了。我開到艾根。」他按了另一個按鈕，把犁降下。「然後，我看到貨卡。出事了。我想，他死了。然後，就是現在。」席格比藍說。他沒再多說什麼。

我們開進博物館的停車場。科特在廚房入口，一次拿出一盤鯨魚肉，把盤子放在巨石上。席格比藍停好拖曳機，下車，打開我的門，又把我抱出來，走向科特。

「雅夏撞到她了。」席格比藍說。他把我放進科特沾著肉的手臂。

「雅夏人呢？」科特問。

「和我一起。他可以走。我帶他去找他母親，你帶法蘭西絲去床上躺好。她流血了。」

科特看著我的麻布袋。

「是蕃茄醬。」科特和我異口同聲。

「讓她躺好。」席格比藍說。

我的房門沒鎖，我留給雅夏的。而當科特轉開門把時，他的上臂牽動我脖子上的皮膚。他把我放在床上，然後後退，並沒有蓋上毛毯或把大理石人頭從我手上移開。

「肉要烤焦了。」科特說。

「讓我換掉這件麻布袋。」我說。隨即想起在地窖的事，害羞起來，於是心想我應該穿著這件麻布袋，別再到處亂丟。「我一分鐘後就出去，我可以送蜂蜜酒。」我說。

「妳沒受傷？」科特說。

「我想沒有。」我說。

「今天會是很長的一天。」科特說。

「這個月會是很長的一個月。」我說。八月，毫不留情地迎向九月悲傷的婚禮。這個月是：兩人的生日；瓦西里不在世上的第一個月；回家的月。很長的一個月，很長的回家之路。

科特將他黑色的廚師帽扶正，從頭頂往下戴，直到眉毛上方。他離開了。

他留下抱著人頭的我，像是肚子上的熱水袋。

「科特！」我從他身後大叫。

他把頭探進房裡。

「請豪爾德過來，如果他有空的話。他應該知道怎麼處理這個。」

科特看著頭的雕像，發出「噗」的聲音，在德語裡必定意味著什麼。「Ja。」他說。

至少這代表「是」。

「謝謝。」我說。

他關上門。我倒向枕頭，心想幾歲的孩子會這麼重——這個大理石頭像會是什麼樣的孩子。它壓得我的胃不太舒服。我一直抱著它。我們撞車之前在說什麼？我想像自己回到副駕駛座。「如果。」雅夏當時說了。

如果。

如果我接下烘焙坊，需要一個助手，妳要來嗎？

我要。

如果我以前從來沒有性經驗——他有過性經驗嗎？——而且我們又在地窖，妳會——我會嗎？雅夏還沒告訴我八月哪一天是他十八歲的生日。他也沒問我。我現在想像他問我的種種問題：

如果我們兩人都要回去紐約，我們會一起回去嗎？如果妳妹妹結婚，妳也想結婚嗎？如果我這輩子都比妳年輕，妳會越來越老、越來越老、越來越老嗎？如果倪爾斯太老了，我是不是太年輕了？如果妳來到北極是爲了獨處，爲什麼要脫掉麻布袋？

我站起來，把大理石頭像放在枕頭上，脫掉麻布袋。我打開窗戶，把麻布袋盡可能丟向遠方，麻布袋掉在山豬圍欄前三十公分。山豬搖搖擺擺走向麻布袋，聞著。那聞起來一定像蕃茄。一顆蕃茄混在山豬的紅蘋果中應該沒問題。我好奇山豬是否吃得出不同，嚐到鹹味——如果蕃茄嚐起來比較像草，蘋果嚐起來比較像水。我好奇山豬知不知道蘋果是甜的。牠從圍欄底下伸出長鼻子，麻布袋在草叢中看起來像座蟻丘。

敲門聲驟然響起，我沒穿衣服。

「是館長。」豪爾德說。門把已經轉動了。

我拿白色的毛巾把自己包起來，豪爾德穿著白色的長上衣，我們看起來像是彼此怪異的翻版，他人在我房間的右邊，相距三十公分。我那時才發現床已經被搬動了。豪爾德馬上就發現。

「大床小姐。」他說。我笑得太用力，鼻子都噴氣了。「奧里雅娜也是這樣。」豪爾德說。「小姐們，她們都喜歡大床。」

「你呢？」我說。

「當然。」豪爾德說：「我的床另當別論，是特別給館長的。意思就是，超級大。床頭板上還刻著兩隻烏鴉。」他笑著說：「妳怎麼了？」

床的笑話讓我頗為激動，還有開啟的窗戶，以及想像雅夏——我希望是雅夏——把他的床推向我這邊。所以我說：「我們走到地下室，看到山羊，然後根恩在我們頭上走來走去。她離開後我們爬上去，然後雅夏想要去看他父親，我們到那裡，車子卻停不下來。」

我等著豪爾德說一些關於車子，或墳墓的話，但他說：「我的山羊？」

「你的山羊？」我說。

豪爾德的雙頰和他的胸毛一樣紅，而且不難想像他是小男孩時的模樣。一個大肚腩的小男孩，臉紅。

「我刻了一隻山羊。」豪爾德說：「我沒料到誰會看見牠。」

我當下不禁喜愛起這個人，我雙手想試著環繞他——我知道我無法完全環繞，但我想試試把他腰帶上方的牙齒圖案移開，把耳朵貼在他的上衣上，貼著他的心臟，聽著他的心跳聲。他的體積是我父親的三倍，隨著我父親的頭髮向上生長，他看起來越來越嬌小。我父親的頭髮比身體重要，就像我母親的眼睛比身體重要。他們兩人都很辛苦地活著。如果我能一起擁抱他們兩個，同時擁抱，其實我從來沒有，而我想試試，想像在我妹妹的婚禮上，如果他們肯來的話，他們兩人相加差不多就是豪爾德。

「妳……覺得如何？那隻羊。」豪爾德說。

我覺得自己說太多了，而且不知道該回答什麼。尷尬的停頓後，我說：「我愛死了。我覺得應該在維京博物館賣羊的紀念品。我會買一個帶回家。」

「也許奧里雅娜會喜歡。」

「你在她身上很高興。」我說。

豪爾德坐在我的大床床邊，雅夏的那一邊。

「我在雅夏身上很高興。」我說。我從沒對任何人說過這樣的話。我妹妹和我只聊結婚。我父母從不說愛，就像他們從不談流行音樂、嗑藥，或運動。

「Uff da（噢）。」豪爾德說。我坐在他身旁，豪爾德的頭上上下下點了好幾下。「我希望妳的情況比較順利。」他說。「我希望妳帶雅夏一起回家。」一隻停在窗沿上的鳥兒吟唱有如鈴聲。我感覺十分清醒。「我也希望你帶奧里雅娜一起回家。」他說。「她不想和我一起待在這裡。」

這張網子是什麼？又是誰織成的？豪爾德、雅夏、他的母親、他的父親、我的母親、我的父親、我的妹妹、席格比藍、窗沿上的鳥兒、柵欄裡的山豬、科特、芙莉達、寶寶、頭像雕刻、卡車和我，再也不是不相干的了。我抬頭看著海鷗，直入雲霄。地球忽然間像顆眼球，北極是眼球的虹膜，盯著另一片天空，漆黑的天空，宇宙。豪爾德和我看著地板，又看著窗外，反反覆覆。我們成爲同一張網上的元素，這樣的關係允許沉默，還有互相理解的片刻。我們安靜地坐著，害怕如果我們晃動，用我們希望的方式晃動，就會扯斷我們與其他人相連的細絲。我們恣意依賴我們的網。我們試著移動周圍的人，我們試著保持靜止。我們試著一下子待在這裡、一下子待在那裡。我們試著在愛裡孤獨。

「褐色乳酪不容易壞掉。」豪爾德說。

「我不會吃你的山羊啦！」我說。

「謝謝。」豪爾德說。

我把腿伸到床上，轉過去面對他，「我很害怕回家的時候沒有雅夏。」我說。「我很害怕待在這裡卻沒有奧里雅娜，但我能怎麼辦？我可以做更多的山羊。走到樹底下，說我自己是山怪。我覺得自己好像山怪，我在樹底下找到一個房間，然後想，我可以在這裡獨處一下，在黑暗中。」他看著自己的雙手。「我好厭倦太陽。」豪爾德說，接著又說：「妳要去加州，對吧？」

「是的，加州。」我說。「婚禮，想必會很難看。」

豪爾德視線往上，看著他的手指，他端詳他的手指，一根一根彎曲關節。

「不是我妹妹，也不是那些花。我妹妹很美。」我對著館長說。他雙手放在膝蓋上，點著頭，似乎相信我的話。「是婚禮那一天會很難看。我父母不會參加。我會去，但沒什麼幫助。我幫不了任何人。雅夏懂得怎麼幫忙。」

「什麼？」館長說。

「雅夏埋葬了他父親。」我說。「而且試著原諒他母親，又試著學開車。」我說。

「我總有一天也得做這些事情。」

「我不知道他不會開車。」豪爾德說。「眞的，不然我不會讓他開。妳也不會？還有妳父親——」豪爾德說。「他生病了嗎？」

「某方面來說。」我說。

「還有妳母親，她很壞嗎？」

「不。」我說。「我母親人很好。她眞的非常好。」我說。「她不停付出、付出、付出，卻忘了對自己付出。我不知道她在什麼地方能夠得到快樂。我希望她因爲我妹妹而感到快樂。」我說。我知道豪爾德聽不懂。「蘋果讓她快樂。」我放棄了。「我母親喜歡蘋果。」

豪爾德望著窗外山豬的圍欄，山豬在那裡，鏡頭彷彿轉向牠一般，牠正吃著丟給牠的蘋果，半個豔紅的蘋果就卡在牠的嘴巴上，好像一隻被宰的豬公，準備送上聖誕節的餐桌。我好奇山豬的私處還在嗎？他們已經把那裡切掉了嗎？——島上有沒有母豬，牠可以解放自己。蘋果被牠呑進喉嚨不見了。

「我從來沒有離開博格。」豪爾德說。「我想，這裡來了一個女人，在我住的地方點燃熊熊的火焰，也許這也是她的歸依。所以我問她，但她說：『我愛伊恩・史東姆』。」

「伊恩・史東姆。」我說。

「伊恩・史東姆。」豪爾德說。

「住在翠貝卡的男人。」我說。這是雅夏在葬禮上說的話，我隱約想起朗讀《送葬者的卡迪什》之前的一片混亂。

「翠貝卡是什麼？」

在我心裡，紐約百老匯西邊的一景取代了葬禮的印象。母親們推著標榜人體工學的嬰兒車，翻新的倉庫，阻絕車水馬龍的河濱公園，哈德遜河吹來沁涼的微風。我說：「就是人住的地方。」

他說：「妳會說這裡是人住的地方嗎？」

我走到窗邊，看見海灘，邊際是白色的地平線。一個孩子在岸邊跑上跑下，拉著一只鯨魚圖案的風箏。天空湛藍又晴朗，鯨魚也像飛進水裡游泳一樣。海岸寬敞明亮，孩子像一顆糖果。

「我們應該通通住在這裡。」我說。

「妳應該回去妳來的地方。」豪爾德說。他站起來，整理他衣服上的牙齒皮帶。皮帶斜跨他的胸膛。他看著我枕頭上那顆大理石頭像，拿起來，然後走向門口。「我也會。」

豪爾德走出門外的時候，我並不知道他要去哪裡。感覺他似乎會直接穿越大海，直達北極，回到最初的維京世紀，或走到刻著兩隻烏鴉的床。那顆頭在他手上，比起在我手上，看起來比較沒那麼奇怪。或者說在他手上看起來安全多了，我想像他走到艾根，把雕像基座的金屬脊椎接回頭上。有一刻我甚至想著，那顆頭是否就是他刻的，在他刻山羊之前或之後。我畫的療養院外的公牛就放在我的床腳。我們想從這些動物身上得到什麼？我們為什麼豢養牠們？帶著牠們，牠們的天真和牠們的肉，牠們的陪伴，來到我們這張網子上？

豪爾德的告別為我的出路亮起一盞明燈：我必須回家，我知道，而且如果我可以聽從他的建議，帶著雅夏和我回家，那也是他來的地方，這樣我們就能把紐約再次變成人住的地方。我妹妹會結婚，搬走。我父母會離婚，分開。北方會漸漸褪色，成為我們的回憶。紐約市會等著我們。當然，雅夏並不是完全來自紐約，一開始不是。除了一隻雅夏深愛的貓還在那裡，那個城市對他沒有什麼直接的呼喚，對我也沒有。

奧里雅娜檢查雅夏的手腕、膝蓋、腳踝，是否正常活動。她向席格比藍保證沒有骨折。她伸手摸摸雅夏的脖子，雅夏撥開她的手。

「我沒事。」雅夏說。

「小大人，」奧里雅娜說：「你差點破壞了驚喜。幫幫忙，如果你沒事——跟我來。」

她向前走一步，雅夏注意到她的鞋子，透明的塑膠鞋，形狀和綠野仙蹤裡桃樂斯穿的紅鞋一樣，不過是完全透明的，露出沒搽指甲油的腳指頭。奧里雅娜挽著雅夏的手肘，雅夏並沒有要她挽著他的手。雅夏無法想像她去哪裡找到這種拖鞋，她怎麼付錢、她為什麼帶來、她為什麼穿上，不管是今天還是何時。他努力站直，希望看起來比她高。踏著有跟的鞋，她幾乎和他一樣高。雅夏感到自己和她如此相像，有點難以忍受。

「親愛的根恩。」他們經過接待櫃臺時，他母親說。

雅夏看著椅子後方的門把，他們經過時，根恩莊重地低下頭。來自英國的一家人正在翻閱節慶的活動時程。雅夏的母親站在大廳門口不動，直到雅夏為她開門。奧里雅娜穿過門，他們兩人都站在沙上後，她又挽起雅夏的手。他們走向射箭場。奧里雅娜必須將她的鞋跟從沙裡拔出來，每跨出一步，另外一邊就陷入，如此交替。

雅夏說：「妳為什麼要買這種鞋子？」這並不是他想問的第一個問題，其實他想問她關於愛情的問題。第一次，她似乎很有能力，甚至充滿了愛。她對豪爾德說的那番話，雅夏難得聽到她說了這麼多的愛。他母親是個對愛很有天賦的戀人，這是令人又愛又恨的事實，雅夏很感興趣。身體上，他想繼承她的天賦。他看著他母親的手臂。這雙手臂似乎在說著她們知道如何擁抱、如何被擁抱，即使十年來她抱的是別人。雅夏心想，她現在有東西可以彌補我了。

「這雙鞋是禮物。」她說。

雅夏說：「他還付了什麼錢？」

他母親說：「喔！」她把裙擺拉到膝蓋。「你不會相信。」她說。

「一件事。」她說：「你父親。」

「他爲我父親付錢？」雅夏說。

「極爲慷慨。」他母親說。

他母親有以美妙的語言驚嚇他的本領。在停車場，靠射箭場的遠端，雅夏看見撞壞的卡車斜掛在席格比藍的拖曳機上。拖曳機旁邊停了一輛黑色的車。

雅夏爲什麼要帶法蘭西絲去墓地？叫他父親別再說：「爲何不」。告訴他：「做了、做了、做了」。帶法蘭西絲去見他。他不知道他父親下葬時有沒有戴眼鏡。也許沒有，雅夏心想。他父親的視力一定恢復了，死掉一定有些好處的。

「把遺體搬越國界。」他母親說。「非常貴。比這雙鞋子貴多了。他毫不猶豫。」她說。她的臉頰抽動，像平常那樣，往她的眼睛抽動。

雅夏從沒想過這些花費，慚愧至極。從來沒有人要他付錢。他們爲什麼去找她新的男人？而且，她新的男人爲什麼要這麼做。丹尼歐付了雅夏的機票：莫斯科、斯德哥爾摩、奧斯陸。雅夏付了自己往北的火車票，把他父親最後給他的俄羅斯鈔票換成五百元的挪威克朗。花了兩百元買火車票、二十元買可樂、二十元買優格，他醒來時，已經過了十二個小時，還在火車上，平穩地往北極，六十元買三明治，最後兩百元在博多買了船票，越過寒冷的峽灣到了博格村。

如果他父親死在布魯克林，則意味更多的國界。他父親的遺體需要橫越海洋，更不用說十幾個西方國家，即使是很小的國家，還是要跨越那些國界，一路直達世界的頂端：瓦西里想要死的地方，或更確切，瓦西里死後想要住的地方，盡是冰原。眞正的寧靜，他父親說過的。雅夏看著箭靶上紅色與白色的圈，在他母親和他停佇的地點後方，層層疊在畫架上。這裡不是世界的頂端，但非常接近。這裡是博格村的維京博物館。這是他們找到的解決辦法，所有願望全都慷慨地實現了。

「他爲什麼要這麼做？」雅夏說。

「死掉嗎？」他母親說。

「付錢。」雅夏說。「妳的朋友。」

「問他！」她說。

她笑了，看起來比雅夏見過的更狂野、更愉悅。她開始撫平她肚子上的洋裝。雅夏什麼都不懂，只知道她的洋裝和靶心的顏色一樣紅。她在看什麼？不再看著她的鞋子或他。抬頭看著箭靶的頂端，看著停車場的方向。雅夏往同一個地方看，看見一個滿臉鬍子的男人走出黑色的車。他打開駕駛座的門，門撞到席格比藍的拖曳機。男人關上卡車的門，拍拍拖曳機，走出停車場，朝他們走來。他走到沙灘上的時候，把靴子脫掉。他的牛仔褲已經捲起來了，一手拿著兩隻靴子，從兩個箭靶之間，朝著奧里雅娜奔跑。奧里雅娜張開雙手擁抱他。

擁抱結束後，奧里雅娜說：「他來了。」

「誰來了？」那個杜斯妥也夫斯基說。他緊握奧里雅娜的手。

雅夏後退了一步，誰來了？他第一個不理性的想法：我父親派了一個信差。他第二個不理性的想法：賽普提摩告訴這個男人我在哪裡。第三：不是他。第四：是他。第五：我沒有麵包可以賣他。這個杜斯妥也夫斯基有鬍子、挺直的鼻子，梳整的頭髮。他總是穿著皮靴，捲起牛仔褲，肩膀上掛著樂器。他星期五來。他朗讀他的平裝書。他惹惱雅夏。記得這個男人的獎賞是，在那段記憶中有父親。他父親站在相連的收銀機旁，收銀機按鈕的「叮」聲，表示他父親的手指在移動，他父親仍然在移動。

「阿遼沙。」那個杜斯妥也夫斯基說。「好久了。」

這個男人怎麼可能說話，如果他父親已經無法打開收銀機的抽屜，收他兩塊半？

「我一直不願告訴他你的真名。」他母親說，咯咯笑著。「他叫你阿遼沙。」

雅夏有個古怪的感覺，聽見自己的聲音說話。**那不代表我就是他媽的阿遼沙**。那個聲音說。他父親笑了。

他母親說：「他老是帶著酵母麵包和一本書回家，說他讀書給你聽，說你每個星期都長得更高，說烘焙坊裡頭有多香，說我怎麼笨到離開你們，說他不值得我犧牲。於是我會說，不用擔心我的犧牲。」

我就在這裡，雅夏心想，妳的犧牲。

「我們吵架的原因真的很奇怪。」他母親說。

「我們從來沒有吵架。」那個男人說。他親了奧里雅娜的嘴唇。我就在這裡，雅夏心裡又想著。奧里雅娜一邊的膝蓋彎曲，她的腳尖在背後輕搖著，雅夏只在卡通裡頭看過這個畫面，而她的另一隻腳陷得更深了，現在全身的重量都在那隻腳上，在腳跟上，陷進沙裡。鞋子從她搖動的腳上掉了下來，雅夏抓住。他拿著那只鞋子走到最近的箭靶，把腳跟戳進靶心中央。透明的鞋子掛在箭靶上，像嘴巴裡流出口水一樣。雅夏轉身往他母親的方向，接吻還沒停。

⁂

我打電話給我父母。我告訴他們，出了小車禍，沒受傷，只是驚嚇。他們很難過。他們為各自的理由而難過。我父親受雇為使手機如何影響大拇指的報告畫插圖，卻被自己的X-acto 美工刀刺傷了大拇指。他告訴我，大拇指和食指之間的皮膚，稱為「魚隙間隙」。我父親刺傷的就是這個部位，而且還發生感染（他的刀通常就放在他的書桌上，沒蓋蓋子，沾著灰塵、墨水，被他的落髮遮住。）現在縫起來了，但感染需要觀察。我母親說，謝天謝地，他們還有柯登醫生。

我問他感覺如何?他開始說一些關於「他媽的指甲」的事。如果他想要藉由傷害自己這種方式,來減輕每日的壓力——不會有用。我想知道他得對自己做什麼才會有用,讓他自己遠離無數需要畫插圖的臨床研究和解剖牛眼的工具。我希望我母親能在他身邊阻止他傷害自己。我猜她現在不會了。我們離開彼此這件事情開始變得危險。我往北方的時候離開了他們;他們任由我妹妹走,等於離開了她;他們要離開彼此,誰知道會是什麼結果。我不知道我父親會不會再畫畫。如果我夠幸運的話,我想,即使哪天幫直昇機玩具的使用指南畫封面,我也不會發狂,因爲繪畫本身就是一件成就一個人的事。只是插畫早已不再成就我父親。

他的插畫填滿了一頁的某個角落。他想要爲自己做出更大的東西,而且爲什麼他不能?他想要做自己的作品。他說,繪畫和插畫的不同,就是你爲自己而畫,和你爲某個不會畫畫的笨蛋而畫。他想要在這一行做出偉大、優良的貢獻。那些專家讓他的工作顯得次要。我看著阿格妮絲從梅特·瑪麗特王太子妃的盤子遞給我的藍莓。我父親原本可以畫出完全一模一樣的藍色果實,原本可以畫出果皮和果肉的不同。他原本可以畫出飽滿的指甲。但隨著藝術市場不把注意力放在他身上,他也失去付出的樂趣。

「爲了一票僞善的骨科醫生。」這是他的結論。

我母親專注地看著我父親。他們身後的公寓更空了。我父親所有的畫都從牆壁上拿了下來,我母親的花瓶也不再排列在廚房的流理台上。他們把這些東西搬去哪裡?他們要去哪裡，又會距離對方多遠呢？他們住在我們的小公寓三十年了，我想，比起我，他們更不知道要去哪裡。在這方面，比起雅夏也是。我們都要再度回到紐約，彷彿我們不曾住過那裡。我妹妹是我們當中唯一知道自己要去哪裡的人，至少她認為她知道。

我父親的左手和手腕包著繃帶。

「又一件不需在婚禮上解釋的事。」我母親指著繃帶。「好事一件，想像那些問題。」

「因爲你女兒糟蹋自己的人生，所以你刺傷自己嗎？不！我刺傷自己，因爲六十年後，我的觀衆是九歲的學校兒童。更不用說我九歲的女兒就這樣把自己嫁掉，像個雛妓。」

「爸。」我叫他不要說了。「你有告訴莎拉手受傷的事情嗎？」我說。

「莎拉不跟我們講話。」我母親說。

「我有時候也不知道我爲什麼跟你們講話。」我說。

「妳現在別跟我們作對。」她說。「誰來搬這些箱子？」她往身後一指。花瓶就在那裡：一個寫著「花瓶」的箱子，是我母親精美的筆跡。「我們兩人都指望妳來搬這些重物，提醒妳一下。妳可以輪流搬，一天搬我的，一天搬他的。我會給妳零用錢，妳父親不會。」

他們還在說**我們**、**兩人**，聽起來眞奇怪。他們身後的牆壁從未比此刻更白，而我父親茂盛的黃髮像是畫布上聖人的光環。我母親的皮膚和牆壁的顏色相同，她的雙眼對照之下顯得特別黑，而且非常圓，兩個圓圈像是意外掉到臉上的冒號。我母親和我父親看來都更年輕，彷彿白色的牆壁照亮了他們的臉，光線打在隨時間累積的陰影和皺紋上面。

我看著他們的臉龐時，科特回到我房間，他需要人幫忙處理節慶的蜂蜜酒。

「妳可以嗎？」科特問。

「當然。」我轉向電腦。「我得走了。」

我父親揮舞白色的手掌。

整個晚上我都在送蜂蜜酒給三個法國兄弟。一個二十六歲、一個二十歲，還有一個九歲。節慶的活動結束後，他們和我們一起坐在工作人員的 lavvo。最小的男孩不會說英文，整個晚上都對著哥哥害羞地笑。他們完全沒理會我們任何人，無視大家，和他們的小弟弟玩摔跤，烤他們的晚餐，但我絲毫沒有被冒犯的感覺。席格比藍也爲他們的優雅感動：和他們分享全部的啤酒，但他們一點也沒喝，於是席格比藍也把酒瓶擺到一旁。

一隻狗兒繞著營火奔跑。每跑上兩圈，席格比藍會抓住狗兒的項圈，抱著牠。狗兒會抬頭，看看是誰抓住牠。接著席格比藍會說：「Jo。」這是我最喜歡的挪威字，它的發音是「you」，意思是「然而，就是」，或者「即使你說不是」，或者「無論如何，就是」。席格比藍一手捏著小狗的下巴，一手揉著牠的耳朵，低沈地發出「Joooo」。Youuu。那隻狗抬頭說著，我不是一隻狗。但席格比藍回答，然而你就是。無論如何就是。

那隻狗整晚都坐在席格比藍身旁。我對著小男孩說我高中學的法語，教他怎麼用手吹出笛子的聲音，還有雙腳如何擺出芭蕾舞的姿勢。我還有兩個星期就要回家了。我的飛機將在我生日那天起飛。法國兄弟說他們要在島上待一段時間。我原本可以約他們再次見面，有他們在應該會很療癒吧！但我想當一道像他們一樣的光，悄悄地來，悄悄地走，所以我向他們道晚安，也不會再見到他們了。

席格比藍載他們回去，大哥說他們在烏他克來夫海灘搭了帳棚。席格比藍告訴他們那個地點很好，晚上的風不會太強，而且醒來後會見到極美的景色。他把熟睡小弟抱起來，引導其他人往拖曳機。雅夏說他會負責熄滅營火。我說我負責收拾垃圾和椅子。

他們離開了。我們靜靜地站著，聽著拖曳機的聲音，直到聽不見為止。我看著雅夏，我並不想悄悄地走。我不想要任何光。

自由，雅夏心想，自由自由自由。他親吻了她。營火漸弱，有幾根木頭還發出嘶嘶聲。雅夏走了幾步，看見席格比藍冷卻用的水桶；他提起來，牽著法蘭西絲的手，走向海灘把水桶裝滿。天空不見任何紅與橙，幾乎暗了下來——灰藍色顯得奢華。法蘭西絲脫掉鞋子，走進水中。冷得不可思議。雅夏彎下腰，在濕的沙上按下手印。一波海浪湧向他們。法蘭西絲親吻他。他感到寬慰，平靜。

法蘭西絲把椅子兩兩疊起來，拾起營火周圍的錫箔紙碎片。雅夏熄滅營火，在黑暗中找到法蘭西絲的手。他們往博物館的方向走，看著沉靜的峽灣和瞬息萬變的天空。生氣蓬勃的世界就在眼前。雅夏每呼吸一口，便感覺空氣浸透全身。

在她的房裡，床依然併在一起。雅夏羞怯地微笑。法蘭西絲關上燈。他把她的鞋子、項鍊脫掉。她把他的眼鏡摘下。他們褪去衣服。

當我對雅夏道晚安時，當時是凌晨兩點，隨著秋天來臨，太陽又朝地平線底下沉落一點點。而我想要在日光又回來之前，趁著天色暗一點的時辰完成一些事。我們把營火熄滅，回到房間。

雅夏睜開眼睛，看見綠色的光束佈滿法蘭西絲房間的地板——從窗簾之間透進的光。今天早上，一個男孩的生命有幾個可能。雅夏想像老鷹停在他的肩上，看不見的噴泉從地底下爆發。但他沒想到他母親穿著及地的睡袍，彈著大耳猴（the chebarashka）的生日快樂歌。她彈的音量足以喚醒整個博物館。雅夏走進禮堂。他母親在鋼琴椅上坐得直挺，手指像爪子彎曲在琴鍵上。

「我們的小大人到了。」她說。她用左手彈了二個音符。伊恩在鋼琴旁拍手。

「早安，雅夏。」芙莉達說，手裡拿著一片新鮮的鬆餅，上頭擠了一團棒球大的鮮奶油。

我們的小服喪者，雅夏心想。這幾個字是對的。不可思議，他心想，自己不再只是**他的**：他的兒子雅夏、格瑞葛利歐夫的男孩、他的助手、他的櫥窗陳列員、他的男孩、他的夥伴、他妻子的替代。他以前從來不是**我們的**什麼。如果他努力回想，他會想起他和他父親、母親同住在俄羅斯的一棟房子，即使那個時候，他也沒被稱爲**我們的**兒子。那是他純樸的父親的兒子，他妖嬌的母親的兒子。他們從來沒有共同擁有他，只是一概個別宣稱。

現在我屬於很多人，雅夏感到極大的滿足。他母親粉紅色的手指彈了高音，沒人催促他答腔。

科特把剩下的鯨魚肉拿去餵山豬了。豪爾德去拆除 lavvo，一根一根地拆掉木頭。節慶結束了，留下箭靶上的油漬，草地上的煙火外殼，還有從鑄鐵鋪到船上那條小徑上踩扁的藍莓。法蘭西絲負責清理藍莓和碎石路與空地上的紙板。豪爾德指派雅夏打掃禮堂，最簡單的工作。

法蘭西絲走進來，她穿著橘色的上衣，黃色短褲，以及紅色的球鞋。她的頭髮盤在頭頂上，和鮮奶油棒球的大小一模一樣，而且看起來像五歲大。雅夏對她微笑，露出牙齒。法蘭西絲看了他一眼，不確定地點點頭，而雅夏充滿自信的點頭回應。

「只是來看看。」法蘭西絲說。她轉身走回房間。

「給我那個鬆餅。」雅夏對芙莉達說。

「你想要什麼都行。」芙莉達說。

「我想要的都行。」雅夏說。

「Ja byl kogda-to strannoj（我是古怪又默默無名的玩偶）。」他母親唱著，流露情感。[18]

席格比藍坐在靠窗的桌子，吃著自己的早餐。科特準備了號稱可以治好宿醉的香腸。「嘿，生日。」席格比藍開口。「有什麼好玩？」他朝法蘭西絲的房間動了動下巴。「昨晚後來怎麼了？」

「我猜她覺得那可能是一場夢吧。」雅夏說。他坐在席格比藍對面，打開紙巾包著的刀叉。紙巾打開在他的腿上，寫著「GRATULERER MED DAGRN（Congradulation with the day）」。

「小小醫龍？」雅夏說。[19]

「恭賀今日。」席格比藍說。「做了什麼夢？」

雅夏心想科特是不是在整個禮堂都放上生日快樂的紙巾。他看見法蘭西絲再度離開房間，到外頭開始工作。他在布萊頓海灘最後一個星期五，他母親出現兩個小時之前，他生命中最後一個尋常的小時，他回到家，肚子裡裝著披薩，唱著美國歌曲——在那之前，雅

18 譯注：這是俄羅斯著名童書人物大耳猴的生日快樂歌歌詞第一句：I used to be on odd, a nameless little toy.

19 譯注：雅夏誤以爲是英文 Granule med dragon。

夏不曾明顯感覺到周遭所有的能量是爲了他而集結起來。

我趴著跪在地上，把螞蟻撥進樹叢，清理藍莓，想著童貞這個東西。那是一件不會再回來的東西——這樣的東西似乎越來越多。三樣東西消失了，從這個世界的邊緣墜落：瓦西里，在他濱海的墳地裡；倪爾斯，在他的森林裡；然後是我從雅夏身上奪走的東西，在我們的雙人床上，在十八號房。沒有了這樣東西，他還是得繼續活下去。我希望我仁慈地取走。我希望他不會要回去。

現在是十一點鐘，又是一片藍天。當然，和藍莓不同的藍。藍莓都被踩爛了，到處都是，而且我還得清理維京船上的垃圾——節慶的遊客和他們的藍莓弄髒了陳年的木頭。而我正一步一步，清理著這條小徑，朝鑄鐵鋪的方向。這條小徑讓我想起倪爾斯，就是那條我們狂奔的路。我初來乍到，流著汗，往船上去。我沒接到他的任何音訊，不管是什麼語言。

我把踩扁的藍莓放進水桶，彷彿在拯救他們，彷彿在呼喚倪爾斯。奇蹟沒有發生，而且我知道等我回去博物館，我會把踩爛的藍莓拿去餵山豬。我想起雅夏的背，我的手平放在上，整個灰色的早晨。他是多麼溫暖。

我心想，如果他來我妹妹的婚禮，能解開難題嗎？沒有他的母親，沒有我的母親。沒有他的父親，沒有我的父親。雅夏可以把我妹妹交給新郎。而我可以坐在前排，假裝我的腿和母親的一樣長，假裝雅夏是我丈夫，妹妹是我們鍾愛的孩子。刹那間，我預感婚禮就會如此進行。我卻又有個念頭，倪爾斯在某處病了。我看著雅夏，練習著詢問他和我一起走。雅夏和席格比藍經過我面前，走向鑄鐵鋪。

❦

「你覺得翠貝卡如何？」

「伊恩？」

「你贊成嗎？」席格比藍說。

雅夏也不確定。他的腳在鑄鐵鋪的石子地板上畫了一條線，他心想：他認識我父親。他幫我父親的葬禮付錢。他比我還要瞭解我母親，他來到這裡，他在這裡。他把腳拉到左邊，心想：他有鬍子，他不是我父親，他喜歡自己說話的聲音，他喜歡自己的鞋子，他喜歡我母親，而且，去他的。

「我不知道。」雅夏說。

「好多愛啊。」席格比藍說。雅夏抬起頭。「今年夏天，每個人都來這裡戀愛。但我不是。」席格比藍說。「法蘭西絲來了，我喜歡她，她喜歡你。」席格比藍說。「你母親來了，我喜歡她，我以為她比較喜歡豪爾德，但她真正喜歡的是翠貝卡。現在翠貝卡在這裡，我還得看著他們親嘴。夏天幾乎要結束了。」他說。「我怎麼辦？掰掰小姐，哈囉奶奶。超級好。」

為了換個話題，雅夏說：「所以，你從兩片鐵片開始嗎？」

席格比藍笑了。「Ja。」他說。「鐵塊。」他伸出手，收回時張開手，露出兩個銀色的鐵塊。雅夏想像銀色的鐵塊在火裡改變形狀。席格比藍停止打氣，一手拿一個鐵塊，然後把他們碰在一起。「親嘴、親嘴、親嘴、親嘴。」席格比藍說。他分別旋轉著鐵塊，又用力壓在一起。

法蘭西絲走了進來。她提著兩個水桶，一桶裝滿藍莓、一桶裝滿垃圾。她的膝蓋很髒。

「我的天。」席格比藍說：「看看是誰來了。」

雅夏站了起來。

「那個男人是誰？」法蘭西絲說。「跟你母親在一起的。」

「伊恩·史東姆。」雅夏說。「她的男朋友。」

「伊恩·史東姆。」法蘭西絲說。她把水桶放下，坐在雅夏剛剛坐的凳子上。

「偏偏就不是我和你母親在一起！」席格比藍說。「答案永遠不會是我。」鐵塊不再親嘴了，他拿鉗子夾起一塊，塞進煤堆底下。鐵融化的聲音像陣風吹過，煤塊因為本身的熱度裂開。

「什麼意思？」法蘭西絲說。

「你覺得我什麼時候懂過我母親的意思？」雅夏說。

「好吧。」法蘭西絲說。「你知道他要待多久嗎？」

「不知道。」

「你知道你要待多久嗎？」

「爲什麼？」

「因爲我在想——」

「喂！談戀愛的人！」席格比藍說。「這裡是哪裡？鑄鐵鋪還是旅館啊？」

法蘭西絲站起來。「我想邀請你參加我妹妹的婚禮。」她說。「九月，在加州，你可以用我父親的機票。他刺傷自己的手，反正他也不會去。就這樣。席格比藍，抱歉了。雅夏，我認眞的。」他從沒看過她這麼緊張。「我不知道如果沒有你，我要怎麼去。所以，你和你母親以及她的朋友走掉之前，考慮一下和我一起走。」她離開鑄鐵鋪往左，過了一下子，又走回來，轉向右。她的頭垂下，彷彿被水桶拉下來。

雅夏希望席格比藍說個笑話。相反的，他遞給雅夏一個榔頭。席格比藍拉出合而爲一的鐵塊——鐵塊和煤礦一樣紅了。他把發紅的鐵塊放在鐵鉆上。「上！」席格比藍說。雅夏使盡全身力氣，混亂的思緒全都敲打在鐵塊上。如果法蘭西絲沒有離開，她會從這些敲打聲中聽出答案，比雅夏心中想的任何事情都要果斷。

席格比藍冷卻鐵塊，他問雅夏：「你要怎麼回答她？」

雅夏一直瞭解性與婚姻在歷史上的關連，甚至聖經的傳統。但是，他沒料到，這麼快就導出二。這不是我的婚禮，他告訴自己。這不是法蘭西絲的婚禮。儘管如此，法蘭西絲的妹妹在他的心中等於法蘭西絲，穿著婚紗進場，走在紅毯上，令他很困惑。

「她的意思似乎是她要你。」席格比藍說。

這就是重點。她的意思似乎是她要他。說到底，他那天晚上的表現並不是很糟。而且穿白紗的不會是法蘭西絲，法蘭西絲會穿粉紅色的禮服，或藍色的禮服，或世界上任何禮服，他也會打上相稱的領帶。席格比藍把一根新的鐵棒放在皮革上。雅夏湊過去，從他肩膀後面偷看。

「我想學你打鐵。」雅夏說。

「我想學你泡妞。」席格比藍說。

雅夏想起前天晚上他吸吮乳房的事。「我要……」雅夏晃著頭，「怎麼做？」

「我不知道。」席格比藍說。「你輕易就讓她們愛上你。」他看著雅夏敲打。「跑去告訴她，你要去。」他說。「我得收拾你的爛作品。」席格比藍再次生火。雅夏既屈辱又勝利，走出鑄鐵鋪，像被什麼附身一樣。

海灘上，鳥兒都去捕魚了。風從博物館的方向吹來，吹在雅夏的臉上。他喜歡風穿越身體前，在胸前停留的感受。雅夏仔細看著一隻海鷗，覺得他的肩膀底下長出海鷗寬闊的翅膀，一邊往射擊場的箭靶伸出，另一邊往海水伸出。

隨著他往前走，長出的翅膀迎向更大的風。在他心中，翅膀長相奇怪，甚至像流蘇——他背後長長白色的羽毛，成爲馬賽克圖案，從他頭上垂到沙中。他可以感受到末端在地上拖拉，變髒，使他慢下來。他知道這對翅膀不能飛。他的翅膀是獅身鷹首獸或人面獅身那樣的野獸，牠們成爲皇室成員，象徵神聖、頹廢，再也舉不起牠們身體的重量。他緩慢地行走，讓他的羽毛在沙中拖拉著。

他抵達停車場後，翅膀上升，在他背後結合在一起，然後消失了，又只剩下他的身體。根恩在講電話。禮堂還沒清理——那是他的工作，他得去做。但首先是法蘭西絲。他走向走廊，經過自己的房間，然後走向她的。抵達之後，二十號房的門開了，他母親步出走廊。雅夏看見她穿著瓦爾基麗的服裝，還有翅膀，牢固地貼在她的背上，比他的乾淨、整潔。「進來。」她說。「你怎麼知道我們在等你？」

她把手放在他的肩胛骨上，指引他走進房間。伊恩坐在她併起來的床腳。錯的雙人床。錯的房間。錯的男人。錯的女人。

「阿遼沙，壽星。」伊恩說。他母親把他們身後的門關上。

我躺在床上，非常緊張。我把自己搞得像個傻瓜，而且我沒有顏料了。等待雅夏的回答時，我至少得畫畫。回家之前再畫一幅畫。倪爾斯的作品如此明亮，新的季節需要不同的顏色，現在又再次看得見夜晚。黑色和藍色。豪爾德一開始告訴我他厭倦太陽，然後問我加州的事，把我很久以前想的事情兜了起來：加州要從挪威這裡把太陽拿回去。每件事情似乎都是環環相扣的。我聽見走廊上腳步聲停在我的門口。我坐起來，把臉上的頭髮梳好。我聽見奧里雅娜的聲音，我聽見她的房門關上。

「我們有一樣禮物要給你。」他母親說。

「是一個國家。」伊恩·史東姆說。

「我們等一下再談這個好嗎？」雅夏說。「我要先去隔壁。」

「他有個女朋友。」他母親說。

「幹得好！」伊恩說。

「不好意思？」雅夏說。他母親過來，坐在伊恩身旁，弄皺了翅膀尾端的羽毛。雅夏後退了一步，走向門口。「你和我在格瑞葛利歐夫烘焙坊以外，互不相干。」雅夏說，他看著伊恩的鬍子。「如果我沒有麵包賣你，我也沒有話好對你說。」

「放輕鬆，阿遼沙。」伊恩說。

「再見。」雅夏說。他打開門。

「我們要搬去蘇黎世。」他母親在他背後說了這句話。雅夏又把門關上。

「而且我們幫你買了一張票。」伊恩說。「靠窗的座位，頭等艙。一切都安排好了。」

雅夏轉身，伊恩手裡握著機票。忽然間，雅夏變成七歲時的他，正要去美國。現在他十七歲？要去俄羅斯？他站在他的小床邊，還是站在烤爐邊？爲什麼每個人都要帶他去某個地方？

他回憶的時候，他母親站起來，悄悄走到他身邊。忽然間，她的手落在他的肩膀上。雅夏抬頭，看著她的臉。

「這一次我帶著你。」她說。她直接對著他說，不是對著整個房間，不是對著觀眾。「這一次，你飛走的時候，不是從我這裡飛走。」

他可以看見她頭皮上約一公分的灰髮，接著才是紅髮。她在俄羅斯的時候比較年輕，他第一次跟她說再見的時候。他們各自都老了許多。

「雅可夫。」奧里雅娜說。「你聽到了嗎？不要從我這裡飛走。」

「去蘇黎世做什麼？」雅夏說。

「一間音樂學校。」伊恩說。「我是他們新的老師。」

「爲什麼是蘇黎世？」雅夏說。

「他們要我去。」伊恩說。

雅夏聽見法蘭西絲的水龍頭在牆壁的那一頭轉開。聲音被打斷，一定是她的手——他可以想像，她洗臉的樣子，多麼像隻兔子。他們要我，雅夏心想。

「我要他。」他母親說。「而且我也要你。所以原諒我，我要的很多。」

「眞的是爲了你。」伊恩說。「有你才會有意義。我一直告訴奧里雅娜——你就是缺少的那部分。我們知道。」

雅夏心想：我父親才是缺少的那部分。法蘭西絲的水龍頭關上了。他想在她離開房間前抓住她。要是我去蘇黎世，他心想，加州怎麼辦？要是這一次，我哪裡也不去呢？伊恩的東西散落在她母親床邊的桌子。雅夏伸出手，抓起車鑰匙上的塑膠掛帶說：「讓我考慮一下。」然後離開房間。走廊出奇地安靜。「**法蘭西絲**。」他大喊。法蘭西絲立刻出來。「我們走。」他說。

鑰匙打開了停在席格比藍拖曳機旁邊的黑色車子。

「你行嗎？」法蘭西絲說。

「我不就在開了嗎？」雅夏說。

「走吧！」法蘭西絲說，她扣上安全帶。

「走吧！」我說。**為什麼要扣安全帶？**我扣上安全帶，聽見阿格妮絲大叫的聲音。**妳害怕嗎？**我聽見引擎啟動的聲音。我看見雅夏低頭，踩了油門，我們就走了。我們開了五公里，一路保持沉默，即將抵達謝普隆內湖。

「我不去瑞士。」這是雅夏說的第一句話。

「婚禮在加州。」我說。

「我不去加州。」雅夏說。

這句話對我是第三度的打擊：雅夏的拒絕，變成我父母的拒絕，變成我妹妹的離去。

「你要去哪裡？」我說。

「哪裡也不去。我要留在這裡。這一次我哪裡也不去。」

我們在十號公路上，時速一百三十八公里。我看著車窗外，紫色的柳蘭沿著馬路邊生長。

「我不懂。」我說，雙手拉著我的安全帶。

「我一直在搭飛機。」雅夏說。「快點，去美國。」他說。「快點，去俄羅斯。快點，到地球的盡頭。我一次又一次離開了我母親。」

「我以爲是你母親離開你？」我說。

「我們離開彼此。」他說，而且我完全懂得他的意思。「但如果我離開這裡，我就離開我父親了。」他對著方向盤說。「所以我還不能離開這裡。」他說。「爸爸還在這裡。」

「不能。」我小聲地說，表示同意。

「不去蘇黎世。不去舊金山。」他放鬆下來。他嘀咕著：「相反的方向。」

「瑞士跟這件事有什麼關係？」我說。

雅夏沒有回答。我們經過了湖，他說：「席格比藍說我知道怎麼讓女孩愛上我。」我看著他。「我不知道我是不是眞的知道。我說眞的。我不知道妳知不知道。席格比藍不知道我愛妳。」他說。他看著我，看得太久，車子飄了起來，後方的一台車按了喇叭，他又轉頭看前面。他的輪廓像卡拉瓦喬（Caravaggio）的〈捧果籃的男孩〉，我想要成爲他捧著的水果籃。他說：「我必須留在這裡。」

我發現自己無法再注視他，所以我轉向窗戶。萊克內斯的標示牌開始出現。我想下車。我知道療養院的距離不遠，而且我知道如果我沿著公路走，沿著另一邊的柳蘭走，就可以安全走到療養院。

「讓我下車。」我說。

「不行。」雅夏說。「妳聽到我說的話嗎？我說我愛妳。我的意思是我不能跟妳一起回家。」

「沒關係。」我說。「完全沒關係。」我不知道我在說什麼。「讓我下車。」我又試了一次。

療養院，有七種不同層次的藍，經過了只有倪爾斯會停的停車場，綿羊在另一頭吃著草，就這麼經過了，在我們的車子後方。

「我們經過了。」我說。

「我們快到了。」雅夏說，他轉進萊克內斯的市中心。

超市的停車場是滿的，我無法理解這些人住在哪裡。雅夏和我並不是孤單地住在這裡，這座島並不像看起來那樣孤單。感覺好像我們再一次從世界之樹底下爬出來。我們的愛只在此地，無法轉移，無法延伸，無法回答人生其他問題。

貨車停好後，雅夏說：「我要在這裡度過冬天。」

我還是不懂這裡是哪裡。博物館九月就會關閉。

「我不知道我會住在哪裡。」雅夏說，顯然他也想到這個問題。「不要緊，只要是接近艾根的地方。我聽說過冬天會有暴風雨。」雅夏說，稚嫩的雙眼轉向我。「我想要確認墳墓捱得過去。海灘是我父親的主意，但是，我不覺得那是個好地點。」他說。

我能說什麼？我告訴他我愛他。我告訴他我想去超市。

我問利瑪一千的店員有沒有顏料的時候哭了。他們當然沒有顏料。我真的只是想看看他們牛奶的走道、啤酒的走道、麵包的走道、衛生紙。

「Har du maling?」我說。

Å male，畫畫。意思同 Å male，發出呼嚕呼嚕的聲音。

Maling，顏料。Maling，呼嚕呼嚕。

我當時想著貓。

我用盡所學，以挪威文說了：昨天晚上在坦斯達，一隻叫藍波的貓在農場救了另一隻貓。

❧

我們開進停車場的時候，伊恩等著雅夏。法蘭西絲下車，打個招呼就離開了。

「是她嗎？」伊恩說。

「你的鑰匙。」雅夏說。「謝謝。」

雅夏鬆開手，鑰匙掉落在伊恩打開的手掌中。

「你嚇到我們了。」伊恩說。

「我母親不會被嚇到。」雅夏說。「抱歉嚇到你了。」

「雅夏。」伊恩說。「你的全名是什麼？」

「你可以叫我，西域之次諧音雷鳴。」雅夏說。「還有，我有個請求。」伊恩笑了。

「去蘇黎世吧，不用管我。」雅夏說。他靠近伊恩，伊恩不笑了，雅夏小聲地說：「我以前蠻喜歡你撞進烘焙坊的吉他聲。你一定很優秀。那裡的人會超愛你的。」他和伊恩一起走向博物館。「但我不想要機票。無論如何謝謝你。我想要翠貝卡。」雅夏說。伊恩沒有回答。雅夏嚴正地說：「請給我翠貝卡的公寓鑰匙……你在蘇黎世的期間。」

伊恩吐了長長的一口氣，開始按著左手的手指關節。雅夏等待著。「想讓你搬到那個公寓，早就想了一百萬遍了。」伊恩說，他的手又放進口袋。「早就幫你準備好枕頭。」

伊恩說。「你知道的，說不定你下課後想過來住一晚。離你的學校不遠，我說我的公寓。你母親都不讓我──」

「你怎麼知道我念哪所學校？」雅夏說。

「有一次你母親不是去找你午餐嗎？那一次？我聽說了你的玩伴的事。」伊恩說。

雅夏沒有任何玩伴。玩伴是在說小孩子。不是七歲，來自俄羅斯，沒有任何朋友的小孩。雅夏只想得到約會，眞正的約會，這個男人和他母親正在做的事。

「她是怎樣的人？」雅夏問。

「誰？」伊恩說。

「我母親。」雅夏說。

「像猴子一樣。」伊恩說。「你知道嗎？我以爲她精神錯亂──上課的第一個星期，我的手指幾乎流血了。」

上課，雅夏記得。每個人都曾是他母親的學生。他父親曾是，這個男人也是，他穿著靴子蓄著鬍子──他母親說不定還教他蓄鬍子。他母親是每個人的老師。

伊恩繼續說。「練習八度音階，練習八度音階。」他說。「那時候我覺得，我應該放棄。後來，當然，我無法放棄她。」

雅夏心想：我放棄她了嗎？

「你怎麼說服她來美國的？」雅夏問。「我們很努力，但就是沒成功。」

「那眞的很痛苦。」伊恩說。「想到就很痛苦，那整件事。我一直想著，她隨時要拋棄我了。而且我一直想著，我眞是個莽夫。」他說。

「你是個莽夫。」雅夏說。他不知道莽夫的意思，他希望那是某種昆蟲。雅夏試著壓他的手指，但沒有聲音。

「哪有辦法？」伊恩說。「我窮追不捨。」

「很難。」雅夏說。

「還算順利，目前爲止。我很感激。」他看著雅夏，彷彿他們是堂兄弟，或老朋友一樣。「因爲她在的時候眞的很好，她一直都在，目前爲止。」

雅夏同情他的天眞——伊恩不知道他在和誰交手，還沒見過他母親最糟的時候。雅夏從沒見過他母親最好的時候。

「看看瑞士那邊的情況囉。」伊恩說。「我希望你能和我們一起去。」

「不行。」雅夏說。「接下來最好就是給我你的鑰匙。」

伊恩又嘆了口氣。他伸手進去捲起來的牛仔褲，找出一串鑰匙圈。三支鑰匙和一個繡著字母的吊飾掛在上頭。

「我不覺得你會和我們一起去。」伊恩說。他把鑰匙舉起來，讓吊飾懸掛在空中。

「阿遼沙留下。」雅夏看得出他風流倜儻，他想起他的母親。他們眞是無懈可擊的一對。

「我的低音提琴會坐在你靠窗的位置。」伊恩說。

有一秒鐘，雅夏想要接受他們的提議——想要靠窗的位置，飛機下降時，鳥瞰阿爾卑斯山，多一點時間，和這個古怪但值得尊敬的男人，以及想要找回兒子的紅頭髮女人在一起。

伊恩把鑰匙放在雅夏手中，對他說：「幫我澆花。」

奧里雅娜從前門走出來。「男人都跑去哪裡了？」她說。

「我們在這裡。」伊恩說。

「然後呢？」她說。她看看雅夏。她看看伊恩。「伊恩很高興。我可以看得出來你讓他很高興。你要和我一起去。」她說。

「妳要和他一起去。」雅夏說。他母親遲疑。「妳說得很對。」雅夏說：「不要丟下——」他不想說「母親」，或「奧里雅娜」。他看著她的翅膀說：「——瓦爾基麗。我們不會再從對方身邊偷偷溜走。現在起開誠布公。這一次，我們兩個都無罪。」雅夏可以看出「無罪」二字吸引了她。她心裡的天平平衡了。這些年來，他們之間孰輕孰重想必對她一直是個困擾，雅夏心想。

透過禮堂的窗戶，雅夏看見根恩清理著節慶後的混亂。她把所有的杯子疊起來，高出她的頭上十幾公分。她彎腰又拿起更多杯子。

「今天眞是糟透了。」雅夏說。他進去看看如何幫忙。

我整理好行李，準備往加州的時候，太陽傍晚下山，整個晚上都不再出來了。雅夏不再睡在我的房間。有天在走廊，默默地就變了。豪爾德的員工聚餐結束後，雅夏、他的母親、伊恩，還有我離開禮堂，經過世界之樹，回到我們的房間，就在那裡，三個不同的門：十六號房、十八號房、二十號房。我不知雅夏說晚安是不是出於禮貌，他對著她母親點點頭、然後對著伊恩，然後對著我。打開他的房門，走進去，待在裡面。禮貌，或者其他原因，是他邁向新方向的第一步——他的修行之路，穿越他父親開啟的虛無。

我的房間暗了下來。新的黑暗，如同曾經全然的明亮，如今全然的黑暗，使我發抖、沉睡。

季節的改變凡人使不上力。雅夏找到了方法使力，看守墳墓。而我感到自己的無用和日落一起悄悄潛入，一天比一天更早。該是回到我父親身邊的時候了，需要有人陪伴的父親；回到我妹妹的身邊，需要得到支持的妹妹；回到我母親的身邊，我從不知道她需要什麼。我會回學校，研究所的繪畫課程，而且全神貫注。我沒有擷取太陽所有的精華，像倪爾斯那樣專心致志。我知道這個夏天的永晝還對我保留了幾個祕密：顏色、光暈的祕密；如何讓東西發亮祕密；黑暗各種樣貌的祕密。

我妹妹抵達加州了。

雅夏在牆的那一頭非常安靜。我聽著，知道他在那裡，卻聽不見他。我想要擁抱他。蒼白的月光跳出洗手台的邊緣。

誰知道月亮之前去了哪裡呢？好幾個月不見了，現在就掛在我的窗戶。看不見山豬，牠也成爲夜色的一部份。峽灣的海水漆黑得可怕，白色的天空後退，月亮回來了。

尾聲

再一次，莎拉要求我們的父親將她交給新郎。一如過往，在我父母老鼠窩大小的公寓裡，跟一個人說話，就會被另一個人聽見。

「以後都會這樣嗎？我們變成**兩個個體**之後？」我母親對我父親說。「我們的女兒都會去找你？找你，不是找我？」逾越節時回答叛逆的小孩：「主爲了我而將我從奴隸境地解救出來，是爲了我而不是爲了你。」這下答案完全相反，是爲了你不是爲了我。我母親對我妹妹說，要不就都不找，要不就是兩人。[20]

這就是爲什麼我父親坐在新娘旁邊，第一排，身旁一個人也沒有。我母親則爲了表達輕蔑，以及她個人也希望和新郎的家人坐在一起，因此她坐在格蘭尼太太旁邊。格蘭尼太太戴著一頂大帽子和太陽眼鏡，打扮得彷彿正逢復活節。我母親身穿黑色。她參加的條件是不論誰——她自己或我父親——都不需「特別」做些什麼事。於是就由我將莎拉交給新郎。

你可以想見莎拉有多美：包袖的禮服，手裡拿著毛茛花，蕾絲手套覆蓋她的雙手，高過手肘。你無法想見那天上午她的臉頰自己變成了什麼色：那個顏色，使我聯想到從某個特定的距離看著地平線上的太陽，同時代表日出與日落的深紅色。她是一個特別高的新娘。她身體的重量似乎重新分佈，往上提高，讓她的肩膀看起來變重，腹部變輕。膝蓋變重，腳掌變輕。她遺傳到我母親的身高與黑髮，我父親藍色的眼睛。我挽著她的手，走過小橋，進入格蘭林的後院。

爲了感謝我父母出席，莎拉利用史考特足球球門的柱子，搭了一個簡單的猶太婚禮篷罩。史考特戴了圓頂小帽。我母親看見那頂小帽，指著小帽對史考特的母親說：「妳的帽子比他的好看。」格蘭尼太太說：「史考特告訴我們很多天頂小帽的事。我們眞的很高興，米蕾拉。」之後的兩年，我母親都稱圓頂小帽爲「天頂小帽」，直到史考特離開莎拉，莎拉要她別再說了。

但那天，莎拉和我都覺得我們勝利了。那天霧氣朦朧，又冷，而且舊金山灣的海風吹亂我們的頭髮——史考特的鬈髮，莎拉盤起來的辮子，我的小波浪，我父親的光環，我母親的頭巾。唯一一件大家後來會說，而且絕不否認，絕不離異的事情，就是我們在那裡，我們都依照要求去了。雅夏沒去，有別的事需要他。

史考特在九月舊金山的某一天，氣象預報誤報爲晴朗的一天，下午三點鐘，在格蘭尼家的院子娶了莎拉。新郎和新娘看起來都消瘦、無精打采，儘管在典禮上，兩人見到對方都大爲驚豔——沒想到會這麼美。第一支舞在白色的大帳棚底下，史考特緊緊抱著我

---

20 譯注：逾越節爲以色列人每年紀念獲得神拯救而脫離埃及奴役的宗教慶節。在逾越節晚宴中，家長對小孩重述逾越節的起源與重要性。其中「四個兒子」的比喻：四個不同性情的小孩——聰明、叛逆、愚拙、無知，以不同的方式提出問題，得到不同的答案。其中叛逆的兒子的提問是：「『你』今晚爲什麼要禮拜？」，把自己排除在社群之外，故對叛逆小孩的回答，回答「主解救的是我不是你」。

妹妹，我以為她要叫了出來。結果，他們對彼此來說並不是對的人。結果，他們其實都太年輕。但在分手成為解決之道之前，這天晚上，他們兩人沒有距離，莎拉和史考特緊緊依偎，派對在他們四周旋轉著。

派對上，我父親喝了酒，我母親一滴也沒沾。沒坐下也沒跳舞——他們在舞池裡遊蕩，對客人說抱歉踩到他們的腳，對莎拉的朋友點頭。「妳們也想這樣嗎？」我父親到處問著女孩子。「妳這輩子就想要這樣嗎？」

我父親開始敲酒杯時，我坐在地板上。沒有時間去找椅子，而且我想要保持低調。他的笑容，就連他敲酒杯的奶油抹刀似乎都無法言喻那種危險。他站在舞池的中央。我母親站在帳棚遠遠的右邊，靠近樂團。史考特和莎拉坐在新人的桌子，才剛有點時間吃晚餐。我父親雙手高舉。

「我們真愛選！」他開口。「選、選、選。」他開始唱。「選一下下聊一下下，選一下下聊一下下，吱、吱、吱，再選一下再聊一下。」

這是《歡樂音樂妙無窮》裡頭家庭主婦的歌。[21]是莎拉以前的最愛。地板上有一支沒用上的小號，我母親的手放在上頭，好像要預防自己摔倒。如果她也坐在地上，我就可以爬過去加入她。她站得筆直，抓緊小號。

「我的名字是索爾。」他說。「新娘是我的女兒。」他把抹刀指向莎拉。「我女兒正在做一個**決定**。」說到最後兩個字，我父親還張開雙手。他慢慢地轉了一圈，看看誰在聽。所有人都在聽。當他再度面對新郎新娘時，他說：「我會選擇她所選的嗎？我不會！不會，各位，我不會！」史考特的一個朋友，他不認識我父親，顯然心情很好，大呼：「我也不會！」有人用手遮住他的嘴巴。「妳選擇妳愛的。」我父親接得正好，繼續說，「妳選擇，所愛，妳想要的。好，我選了——」

這個節骨眼上，我以爲要脫韁了。我再度看著父親的頭髮彷彿越長越長，這種似曾相似的感覺再次油然而生，從他的頭髮向外四射——他簡直太神了，即使我知道他手上的粉紅葡萄酒已是第十杯，他說得很中肯。

「我，選擇，錯了，是嗎？」我母親和我妹妹都哭了。我被他吸引了。

「我是我自己所知道，最愛生氣的人，但也是最搞笑的人了，你們說是不是？」那個嘴巴被手摀住的年輕人大聲鼓掌表示敬意。「謝謝。」我父親說。「現在，不曉得你們知不知道我的工作。」他說。「我打賭你們一定不曉得。我平常都在畫腫大的頷下腺，這樣十年級的生物課學生就會**分辨**——」分辨這個字讓他吃了螺絲。「分辨黏液和唾液。」他用力地看著剛才幫他鼓掌的人，接著說：「你從沒看過任何手腕，和我幫腕隧道症候群手冊畫的一樣。」這下連那個人都安靜了。「我愛這個工作嗎？事實上，是的。至少曾經，

21 譯注：美國音樂劇，一九五七年於百老匯首演，二〇〇三年由迪士尼公司改編成電影。

一開始是。無論如何，我知道我愛的，我選擇我愛的。」

他停頓了一下，有幾個人喝了幾口酒。

他說：「莎拉選擇她所愛，是吧？」莎拉的手上還拿著我父親開始說話之前停在嘴邊的叉子。他的雙眼和她的雙眼在對彼此說：天哪、天哪、天哪、天哪。「而我恭喜她，因爲她的選擇。因爲那是困難的事。很少人能這麼做。我們大部分都沒有選擇。」他說：「是事情選擇了我們。或我們根本沒選，就接受了現成的。我的莎拉說，爹地——其實她從來沒叫我爹地——她說：『爸，我選擇他。』然後我們說不。但她還是選擇了他。她也得到他。」當我想起這段演說，正是這句話讓我祝福莎拉和史考特長相廝守。有關莎拉想要他，得到他這一段。

「下一件事，莎拉。」我父親說：「就是記住接下來這句話，除了妳，沒人選擇這個。」從他敲杯子那一刻，這下他終於放下抹刀。「妳將會得到什麼，失去什麼——都是妳的責任。妳的不幸？是妳的責任。要不要幸福？也取決於妳。唯一一件讓我比較不害怕不幸的，是我的妻子，她就在那裡，樂團旁邊。」——我母親並沒有對看著她的群衆揮手；她緊抓著小號——「原諒我。」他說：「我迷糊了。」

事情就是這樣。他離開舞池，在一張無人的桌子旁邊坐下，沒人過去安慰他。而小號樂手從我母親手中把小號舉起來，樂團開始演奏，相較之下顯得安靜，直到派對再度熱絡起來。史考特的功勞是，我妹妹在歇斯底里的邊緣將近兩個小時，他一直安慰著我妹妹。

我母親又恢復脈搏——甚至在我父親旁邊找了位置坐。他們沒有交談，但坐在一起。我不知親了幾次我妹妹的頭，她還是無法停止哭泣，甚至要伸手抓頭皮，我於是離開帳棚，到外面散步。

❦

禮物沿著房子的走廊牆邊擺放，活像座水族箱。大多數的包裝都是金色、銀色或者淺藍色。緞帶層層堆疊，像泡泡一樣。其中一個禮物是完美的球狀。他們都無聲躺著，那些禮物，我有點希望拆封時它們會唱起歌來，像我父親那樣。球狀的禮物是銀色，方形的是金色，有三個白色的禮物用水藍色的緞帶綁在一起，底下躺著一個信封袋。我看著信封袋，因爲它顯得格外不起眼。

信封袋沒有包裝，郵寄的標籤被撕了下來，收件人的姓名是我，地址是格蘭尼家。退件地址是李奧納多街四〇八號，紐約市，郵遞區號一〇〇一三，郵資是五十六克朗。

看見收件人是我的名字，我便打開它。我試著回想我打開信封袋時，心裡在想什麼，我想起的只是被金色和銀色的魚圍繞，還有我父親雙手揮舞，唱著吱、吱、吱。信封袋裡裝著一個鑰匙圈。鑰匙圈上掛著三把鑰匙和一個銀色的圓牌。圓牌上刻著IS。

是，我心想。是，這是——是什麼？IS。

這就是。

派對照片裡有我跳舞的身影。在每張照片裡，我都拿著信封。照片中，我們手勾著手的時候，我妹妹的手臂後方可以看見信封的一角。我父親和我在喝水的照片，可以看見信封在我左手。就我所記得，沒有人問我那是什麼。每個人，在那個時候，都迷糊了。

我回到紐約，搬到李奧納多街四〇八號。我父母不覺得奇怪，他們習慣了我不在家，而我的研究所課程開始了，他們以爲那是宿舍。他們還沒搬離他們的公寓，那裡已經完全空了，他們就這樣住著，覺得刺激，彷彿非法侵佔一樣。

格瑞葛利歐夫烘焙坊樓上的房間得清空。伊恩公寓的電話有一天響了，是道布森先生，他從雅夏·格瑞葛利歐夫那裡問到這個電話，他問我能不能幫忙打包雅夏和他父親的東西。

九月底的某天早晨，我來到布萊頓海灘，道布森先生就在烘焙坊門口向我問好。他有兩件事要告訴我。先說壞消息，他說，雅夏的貓被車撞了。兩個星期來，貓第一次離開烘焙坊，牠很久沒吃東西了——牠走出門口到東方大道上，虛弱地站在路中間。「都是我不好。」道布森先生說，他並沒有聽雅夏的，把小門關好。好消息是，一月份的時候，格瑞葛利歐夫烘焙坊將會成爲拉迪索夫烘焙坊，重新開張。拉迪索夫會保留原來的烤爐。我走上樓，看到兩個房間，雅夏在這裡長大。一個可愛、佈滿灰塵的房間。站在房間的中央，環顧四周，我逐漸瞭解雅夏。這兩個即將清空的房間便是我錯過的藍圖：他幼年的時光，和他父親一起，看著麵包膨脹。我把他們的東西用兩個樓下找到的大垃圾袋裝好。我搭乘地鐵 B 線經過曼哈頓橋，這兩個袋子分別在我左右。

十月的時候，莎拉和史考特首次大吵一架。莎拉受到驚嚇，某個星期四的晚上，她紅著眼睛到李奧納多街和我一起住了幾天。我們深談——我認爲這段關係當下還有挽回的餘地——靜下來後，我們分別去拿手機。我想起我父親的大拇指工作。他拒絕了那個工作。他告訴我他正在做其他案子，他不願透露。我寫信到維京博物館，收件人是雅夏，告訴他他的貓死了。我畫了莎拉的裸照，那幅畫還爲莎拉帶來幾個約會，不過我們再看看會如何發展。我聽說羅伯還在日本，我聽說他和官房長官直接對談。

直到十一月底，我才收到雅夏的回音。他父親的墳墓捱過了第二次的暴風雨，雅夏半帶著自信認爲應該可以維持。墳墓的事，他寫道，以及賽普提摩的死，代表一段時期的終結。他生命至今的時期。他沒有接到他母親的隻字片語，但沒關係。豪爾德的波羅的海郵輪之旅已經啟程，雅夏和席格比藍，以及席格比藍的祖母住在一起。他終於開始吃魚，也喜歡吃魚，席格比藍祖母那種用奶油的烹調方式。席格比藍的祖母烤的麵包剛出爐的時候，就和他父親烤的一樣香氣濃郁。麵包天生就該是溫暖的，他寫著。我在感恩節前幾天收到他的信，我將雅夏的問候轉達給我母親，她正在切蘋果，做蘋果醬。我問她蘋果醬要用來做什麼，她說爲感恩節做的。她和我父親分享蘋果醬，我父親在上頭加了蕃茄醬，他們就吃那個。我母親又開始布置公寓。假日時我去看他們，在浴室的牆上看見三幅我母親的人像素描。

當太陽不在艾根升起的時候，雅夏說他準備離開了。他說天空上午十一點的時候會呈紫色，正午時是粉紅色，一點時又是紫色，接下來的二十一個小時都是黑色。他說山巒也變成和天空一樣的顏色，他說峽灣永不結凍。他說冰島小馬整個冬天都在外頭，牠們的鬃毛長過了雙眼。他說暴風雨的威力讓樹搖晃得像人影一樣，他會做長長的夢，塡補黑暗的時光。在夢裡，樹都大步走掉了。他說，原野上漆黑之前的藍色，是他見過最撩人的顏色。他說他一直都在喝山羊奶。他說有天早上，天空是紫色的，他從雪裡看到一抹青綠，雪融化了，而他想要在下次暴風雪來臨前離開，但也得看船的航班，峽灣的海水隨時都會變得非常狂暴。他說他會把所有東西都保留在原位，接著再回來。他說他什麼也不帶。從北極出發要十八個小時，他說，往西行。

註

雅夏聽到的《卡拉馬助夫兄弟們》節選，引用自 Richard Pevear and Larissa Volokhonsky 翻譯的 The Brothers Karamazov（New York: Farrar, Straus, & Giroux, 2002）。

豪爾德朗讀的《埃達》，引用自 I. A. Blackwells 於一九六〇年翻譯的 The Younger Eddas of Snorre Sturleson，以及 Jean I. Young 於一九五四年翻譯的 The Prose Edda。

奧里雅娜朗讀生命之樹的描述，引用自 Jesse L. Byock 於 The Prose Edda（New York: Penguin Classics, 2005）的描述，頁 xxvii。

倪爾斯和法蘭西絲聆聽的《維多利亞的祕密》爲 Oliver Stallybrass 翻譯 Knut Hamsun 的 Victoria（Toronto: Hushion House, 1994）。

本書中的維京博物館爲虛構地點，非指羅弗敦的 LOFOTR 維京博物館。然感謝 LOFOTR 啟發這個靈感。並感謝 Lofoten Golf Links 教我怎麼建造 lavvo。

Acknowledgement

致謝

我非常感謝Jenni Ferrari-Adler；Bloomsbury的所有人，特別是Lea Beresford、George Gibson、Nancy Miller、Cristina Gilbert、Marie Coolman、Theresa Collier、Lily Yengle、Gleni Bartels、Laura Keefe、Derek Stordahl、Patti Ratchford、Alona Fryman、Megan Ernst、Alexandra Pringle、Alex von Hirschberg、Kathleen Farrar、Lynsey Sutherland、Madeleine Feeny；感謝Union Literary的Sally Wofford-Girand、Sam Fox以及所有人；紐約大學藝術創作研究所傑出的作家、教職員與所長；羅納·傑菲獎學金；耶魯大學英語系；New York State Summer Writers Institute；挪威國家圖書館；Kunstkvarteret Lofoten；Baroniet Rosendal的Reidar Nedrebø與Anne Grete Honerød；Aschehoug Forlag的Christian Kjelstrup與所有人；Jon Gray；Louise Glück；Jessica Strand；Alice Quinn；Mark Strand；Graham Duncan；Lill-Anita與Bjørn-Erik Svendsen；Eric Bulson與Mika Efros；Julie Buntin與Julia Pierpont；Aaron Parks；Noah Warren；Laura Bennet；Rachel Brotman；Lizzie Fulton；Liz Fusco；Annie Galvin；Meggie Green；Halley Gross；Ingrid Schibsted Jacobsen；Signe Kårstad；Diana Mellon；Cassie Mitchell；Annette Orre；Rachael Rose；Alexandra Schwartz；Ingeborg Sommerfeldt；Alex Trow；Zach Bjork；我親愛的家人：Lia和Jim、Jon和Becky、Max、Michael、Bob和Marti、Lea和Bruce、Shmuel和Lee、Eitan、Goldie，以及已故偉大的祖父母。

藍小說 250

今夜，我們在陽光下擁抱

作者—蕾貝卡．戴納斯坦
譯者—胡訢諄
主編—嘉世強
編輯—鄭雅菁
美術設計—劉克韋
內文排版—時報出版美術製作部
董事長
總經理—趙政岷
總編輯—余宜芳
出版者—時報文化出版企業股份有限公司
10803臺北市和平西路三段二四〇號四樓
發行專線—（〇二）二三〇六—六八四二
讀者服務專線—〇八〇〇—二三一—七〇五
（〇二）二三〇四—七一〇三
讀者服務傳真—（〇二）二三〇四—六八五八
郵撥—一九三四四七二四時報文化出版公司
信箱—臺北郵政七九～九九信箱
時報悅讀網—http://www.readingtimes.com.tw
電子郵件信箱—liter@readingtimes.com.tw
法律顧問—理律法律事務所　陳長文律師、李念祖律師
印刷—勁達印刷有限公司
初版一刷—二〇一六年九月二日
定價—新臺幣三〇〇元

國家圖書館出版品預行編目（CIP）資料

今夜，我們在陽光下擁抱 / 蕾貝卡．戴納斯坦(Rebecca Dinerstein) 作；胡訢諄譯. -- 初版. -- 臺北市：時報文化，2016.09
面；　公分. -- (藍小說；250)

譯自：The sunlit night

ISBN 978-957-13-6748-4(平裝)

874.57　　　105014329

ISBN 978-957-13-6748-4
Printed in Taiwan